AF413884

Or Noir
Un roman Western

Richard G. Hole

Far West

SYNOPSIS

Le pétrole était une richesse aussi fantastique que l'or l'avait été, et pour cette raison, ce n'est pas pour rien qu'il était connu sous le nom symbolique et quelque peu inquiétant d'« or noir ».

Le pétrole était quelque chose de plus simple à découvrir et à exploiter que l'or pur. Il suffisait de tenter sa chance et d'ouvrir la bouche où le naphta jaillissait avec une force écrasante, pour posséder l'étonnante mine qui devait produire des milliers et des milliers de tonnes et avec eux, des milliers et des milliers de dollars, car elle sortait à peine du les entrailles de la terre le liquide immonde, il n'était pas nécessaire de creuser jour après jour pour en extraire le trésor. Il suffisait d'organiser la collecte du précieux liquide et d'exploiter ses performances continues.

Pour cette raison, dès que la nouvelle de la première découverte de pétrole s'est répandue, des centaines d'hommes avides de richesses rapides, ont été émerveillés par la découverte et se sont lancés pour ouvrir des trous avec plus ou moins de fortune, car le sous-sol regorgeait de pétrole et il voulait l'expulser de ses tripes.

Or Noir est une histoire appartenant à la collection Far West, une collection de romans développés dans le Wild West américain.

OR NOIR

CHAPITRE I

CROISADE CONTRE L'OR NOIR

L'immense écart qui s'ouvrait vers le sud-est de l'Oklahoma avec les rivières Muddy Boggy à gauche et les rivières Kiamichi à droite, était un pâturage verdoyant pour le bétail. L'effort combiné des différents héros de la répartition territoriale dudit nouvel et dernier État d'Amérique du Nord, avait converti cette terre rougeâtre et rebelle d'abord en pâturage, après un travail immense, en un emporium de richesse pour le bétail et il y avait plusieurs ranchs qui Ils avaient élevé dans la région en augmentant le bétail dans un État qui, étant relativement nouveau lorsqu'il a procédé à sa colonisation, nécessitait, compte tenu de l'augmentation de la population qu'il avait acquise, l'aide du bétail pour s'occuper de l'entretien de tant de centaines et des centaines d'aventuriers alors qu'ils s'étaient installés dans l'Oklahoma nouveau-né.

Au début, tout suggérait que ce morceau de terre américain approprié suivrait les traces du Texas voisin.

La terre, une fois mise en valeur, était très propice à l'élevage, et les colons, ainsi que les éleveurs, se sont sentis satisfaits de la performance de leurs propriétés après les premières vicissitudes de leurs débuts en tant que pionniers de ces terres, car rien Ils n'avaient trouvé une crise lorsqu'ils prirent possession de leurs parcelles de terre, et ils avaient dû tout soulever à la main au prix d'énormes efforts et même de sacrifices héroïques.

Et ne pensez pas que cela avait été une tâche facile et sans risque de convertir les terres sauvages du nouvel État. A la lutte avec la terre ennemie, il fallait ajouter l'autre plus dramatique avec les malheureux arrivés en retard au casting et ne trouvant nulle part où s'installer, puis avec les bandes diverses et dangereuses d'aventuriers et de foies, qui sous couvert de désorientation et du manque de communication et d'autorité, ils ont essayé de faire des victimes de leur pillage et vol des nouveaux propriétaires. Il a fallu de nombreux combats, beaucoup de sang et de nombreuses victimes pour réduire ce danger, établir un principe d'autorité et établir des canaux de communication qui relient les États frontaliers.

Mais tout avait été surmonté avec plus ou moins de difficultés et un temps était venu où l'anormal n'était ni plus ni moins anormal qu'en d'autres endroits du continent.

Mais quand ces difficultés furent surmontées, quand ceux qui y étaient établis crurent le moment venu de jouir de la tranquillité à laquelle ils avaient droit et qu'il sembla qu'aucune autre commotion collective et explosive ne les menaçait, la nature capricieuse déclencha une terrible poudrière, que bien que pour beaucoup et pour la nation cela puisse même être un nouvel empire de richesses, pour beaucoup de ceux qui s'y sont installés, cela allait devenir une terrible menace et une nouvelle et sanglante guerre qui durerait aussi longtemps que l'une des les deux côtés opposés sont tombés vaincus.

Tout comme la Californie est devenue un enfer le jour où le charpentier de Sutter a découvert de l'or dans son moulin, ainsi quand un jour quelqu'un creusant la terre, a soulevé le premier puits de pétrole sous ces latitudes, le plus complet , à celui du nord, avec le Kansas. Le pétrole était une richesse aussi fantastique que l'avait été l'or, et pour cette raison, ce n'était pas pour rien qu'il était connu sous le nom symbolique et quelque peu inquiétant d'« or noir ».

Le pétrole était quelque chose de plus simple à découvrir et à exploiter que l'or pur. Il suffisait de tenter sa chance et d'ouvrir la bouche où le naphta jaillissait avec une force écrasante, pour posséder l'étonnante mine qui devait produire des milliers et des milliers de tonnes et avec eux, des milliers et des milliers de dollars, car elle sortait à peine du les entrailles de la terre le liquide immonde, il n'était pas nécessaire de creuser jour après jour pour en extraire le trésor. Il suffisait d'organiser la collecte du précieux liquide et d'exploiter ses performances continues.

Pour cette raison, dès que la nouvelle de la première découverte de pétrole s'est répandue, des centaines d'hommes avides de richesses rapides, ont été stupéfaits par la découverte et se sont lancés pour ouvrir des trous avec plus ou moins de fortune, bien que dans de nombreux cas avec fortune, parce que le sous-sol il regorgeait d'huile et avait hâte de le chasser de ses entrailles.

Aussitôt, les plus malins, les plus malins, ceux qui étaient toujours à l'affût des bonnes affaires, tombèrent comme des légions de termites voraces sur les lieux les plus propices à l'exploitation et commencèrent le combat, la bagarre, l'offre plus ou moins honnête. ou prédatrice pour l'exploitation de cette richesse, que bien qu'étant naturelle et spontanée elle coulait d'elle-même, d'autre part il fallait une organisation assez compliquée, pour obtenir le bon usage du produit.

Le produit avait besoin de dépôts naturels pour être collecté, de conteneurs spéciaux pour l'emprisonner. Des moyens adéquats pour le transport puis des usines de raffinage pour le purifier et des marchés où le placer.

Et c'en était trop pour les pauvres colons qui, du jour au lendemain, se sont retrouvés avec un puits ou deux, ou plusieurs, fuite de pétrole, qui a été perdu sans moyens d'exploitation, puisque cette mise en route nécessitait non seulement du capital, mais toute la mécanique compliquée. de sa collecte, son transport, son raffinement et son placement.

Et comme les agiotistas le savaient, ils ont essayé d'en profiter aux dépens des propriétaires des terres et des puits naissants.

Des sociétés d'exploitation se sont rapidement constituées et ont contacté les propriétaires. Les uns pour acquérir les terres sous réserve d'un rendement plus élevé encore caché et les autres, lorsqu'ils rencontraient des résistances à la vente, réservant une partie du bénéfice aux propriétaires légitimes des puits.

Comme le nombre de personnes émerveillées par le pétrole commençait à devenir légion, et que de nombreux puits s'ouvraient en peu de temps, il était difficile d'aller dans tous les endroits pour profiter de ce qui menaçait d'être perdu, et le premier à aller à la scie de réclamation et se sont rencontrés. Ils ont souhaité, mais bientôt, la nouvelle s'est répandue, de nouveaux exploiteurs sont arrivés, des sociétés d'argent ont été fondées pour couvrir tout ce qui était à leur portée et la start-up s'est normalisée, favorisant une nouvelle richesse qui donnerait la plus grande impulsion à l'État, créerait des millionnaires presque du jour au lendemain et enflammerait l'égoïsme de s'enrichir à ceux qui n'avaient pas encore eu la chance de découvrir un filon d'or noir.

Des aventuriers comme au temps de la Russ de Californie s'aventuraient avec les pics et les trous pour creuser le sol où ils semblaient le mieux, sans respecter la domination ou la propriété. De nouveaux puits ont dû être découverts, et lorsque le propriétaire légitime de la terre vierge s'est opposé à l'invasion ou a essayé d'être lui et non une main étrangère qui a tenté sa chance, des combats sanglants et des combats ont éclaté, ce qui a commencé à former un recensement des morts des uns et des autres, assez terrifiant.

Comme toujours, la force brute ou collective l'a emporté sur la faiblesse. Parfois, lorsque l'envahisseur était nombreux, rude et organisé, il éliminait le propriétaire sans scrupules de n'importe quelle espèce, et d'autres fois, lorsque l'envahisseur en avait la force, il tirait sur l'intrus, ou le laissait cloué à côté des puits qu'il cherchait. ouvrir. .

Mais, comme l'or, tout l'Oklahoma n'était pas un gisement de naphte. Il y avait des endroits somptueux, des poches où le pétrole surgissait à tout endroit où un trou était ouvert, mais dans d'autres, l'effort était négatif, car l'or noir n'y existait pas ou il était si profond que ce n'était pas avec un simple trou qui pouvait être utilisé. force à couler.

D'après les études menées dans ce domaine, on sait que le pétrole est en sens inverse de l'eau. Celui-ci s'infiltre vers le bas et s'enfuit à l'intérieur des terres, et le pétrole, par contre, a tendance à monter et c'est pourquoi, dès qu'il trouve la plus petite ouverture d'expansion, il monte avec une force écrasante.

Le pétrole semble se former dans des endroits appelés dômes, c'est-à-dire là où la terre creuse a des murs imperméables. En eux, l'étang, la lagune ou la petite mer se forme, tout dépend de l'écart et il y reste jusqu'à ce que le premier trou lui donne de l'expansion. Ensuite, le dôme est découvert, qui peut alimenter des centaines de puits, selon l'étendue du liquide accumulé.

Et comme ces dômes sont souterrains, personne ne peut imaginer où se cache le pétrole. Parfois, sous le sol luxuriant des prairies, des millions de tonnes sont cachées et, au lieu de cela, sur un terrain accidenté ou ondulé, pas un seul gallon n'a été découvert.

Pour cette raison, la découverte de l'or noir était plus une question de chance, même si à certains endroits, les sacs étaient si étendus à l'intérieur, que sur de nombreux kilomètres de longueur et de largeur, il suffisait de forer pour le voir émerger immédiatement.

Ces découvertes préliminaires et empiriques de pétrole en Oklahoma ont amené les gens à croire que l'opération de recherche était simple, mais l'histoire générale du pétrole prouve le contraire. Comme exemple de bouton, nous pouvons citer ce qui suit. La Compagnie pétrolière impériale du Canada, l'une des plus riches en exploitations de ce type, a dépensé vingt-cinq millions de dollars pendant vingt-cinq ans, pour ouvrir cent cinq trous de diverses profondeurs, qui ont atteint jusqu'à près de quatre milles, et tous avec des résultats négatifs, jusqu'au jour où, lors du forage du puits numéro cent six, elle réalisa l'une des découvertes les plus reproductrices de l'histoire, qui la compensa de tant d'années de travail stérile et de tant de dépenses enterrées en vain. S'il n'avait pas eu ce dernier succès, la perte pour l'entreprise aurait été terrible,

Mais ces complications devaient survenir plus tard, lorsqu'une fois les gisements réalisés à la surface du sol en exploitation, ils s'organisèrent et notre histoire s'en tient à l'époque primitive des premiers puits de l'Oklahoma.

Il est nécessaire de préciser que toutes les personnes installées dans cette région n'étaient pas infectées par la fièvre de l'or noir. Au contraire, il y avait des ennemis farouches de la recherche et de l'exploitation de telles richesses, car ce qui pour certains était une source de richesse inattendue, pour d'autres c'était quelque chose d'antipathique et pour beaucoup une menace de ruine contre laquelle ils s'apprêtaient à lutter.

L'affleurement de pétrole constituait un grave danger pour les plus proches de ces sources de richesse, dont les terres n'avaient pas d'essence ou qu'ils n'avaient pas voulu chercher.

C'était comme une haleine empoisonnée qui desséchait et desséchait tout autour. La terre s'est imprégnée d'huile, la terre est devenue stérile, l'herbe est devenue grise jusqu'à mourir de jus, et le bétail voisin, qui se nourrissait de l'herbe qui poussait à côté des champs, a fini par manquer de pâturage, quand il n'y en avait pas. il s'est empoisonné avec ce qu'il a ingéré contaminé par de l'huile.

Pour cette raison, les éleveurs qui défendaient maintenant leur affaire avec les bois, qui leur avait coûté tant d'efforts et de fatigue à mener à bien, se sentaient envahis par un terrible malaise avec l'invasion pétrolière et non seulement ils ne voulaient rien savoir de la nouvelle entreprise, mais ils s'étaient également déclarés de fervents ennemis de lui. Ceux établis dans des zones que les chercheurs insatiables n'avaient pas encore vues, restaient relativement calmes, bien qu'en garde perpétuelle, pour ce qui pouvait arriver, mais ceux qui voyaient, alarmés, comment la recherche avançait sans relâche vers leurs domaines, menaçant de saturer la terre, tuant l'herbe et empoisonnant ses bottes, ils se dressèrent devant le danger et se préparèrent à l'affronter.

La région de Wesley était restée à l'écart de la nouvelle fièvre, mais la menace n'était pas loin et tous les colons et éleveurs de cette partie du territoire vivaient avec leurs âmes dans un fil, en attendant la nouvelle que l'un et l'autre se transmettaient au sujet de activités pétrolières à distance.

Parmi les propriétaires terriens et les éleveurs de ce bassin, celui qui se démarquait le plus par l'importance de sa propriété et du grand troupeau de bétail qu'il était venu rassembler, était Armor Fuchs, qui, lors de l'invasion de l'Oklahoma, a quitté son poste de contremaître sur un ranch du Texas pour se lancer dans l'aventure, le faisant avec chance, puisqu'il avait limité une grande zone de prairie avec l'aide de deux frères qui l'avaient suivi dans la course uniquement pour l'aider à conquérir du terrain, bien que plus tard, quand Armor fut consolidés, ils ont abandonné cela pour continuer dans leurs affaires, qui n'avaient rien à voir avec l'élevage.

Armour a emmené peu de temps après une petite équipe du Texas, tous appartenant au ranch où il avait travaillé. Il leur offrit de meilleures conditions que leur ancien employeur, et les ouvriers n'hésitèrent pas à accepter le nouvel emploi.

Mais ils ont bien mérité l'augmentation, car en particulier les deux premières années, ils ont dû se battre avec des gangs d'indésirables qui vivaient de proies et d'agressions, bien que plus tard, à mesure que les esprits se calmaient, leur mission était moins exposée et plus calme. .

Armor, qui avait laissé sa femme et sa fille au Texas, ne voulant pas les exposer aux vicissitudes de cette aventure, les a tenus éloignés de lui pendant ces deux années agitées, mais quand il a cru que l'environnement leur permettait de réintégrer sa propriété , il les ramassa, les emmenant au ranch qu'il avait construit entre-temps.

L'armure a eu de la chance; le bétail était bien élevé, la progéniture était prolifique et en peu de temps, il parvint non seulement à rassembler plusieurs milliers de têtes de bétail, mais aussi à devenir l'éleveur le plus puissant et le plus prestigieux de cette partie de l'État.

Et comme il était né parmi le bétail et avait grandi parmi eux, et que le bétail était pour lui sa passion et sa source de prospérité, il ne voulait pas entendre parler du pétrole, si bénéfique que fût son exploitation. Amoureux des pâturages et des prairies, il souffrait beaucoup s'il contemplait un sol desséché ou nu à cause de cette fichue huile, dont la seule odeur semblait l'étouffer.

Lorsque la nouvelle de ce qui se passait là-bas arriva et qu'il s'avança des puits vers l'Est, il fut alarmé jusqu'au paroxysme. Il ne pouvait tolérer ni que ses terres soient forées, ni que l'effet du fichu pétrole puisse affecter ses vilains pâturages, mettant en danger son bétail.

Mais... il ne possédait que la sienne et ne pouvait pas disposer de la terre d'autrui, ni régner en dehors de sa propriété. Chacun était très maître de faire ce qu'il voulait avec le sien, bien que plus tard, en raison des effets naturels de l'exploitation, quelqu'un puisse être endommagé par le rejet.

Et pour savoir quelle devrait être son attitude et sur quelles forces il compterait s'il était contraint de faire face au danger, il convoqua un jour les différents éleveurs établis aux alentours et les colons, qui comptaient aussi dans cette affaire.

Armor leur a donné une exposition du danger que le pétrole allait poser pour eux, contre la possibilité problématique que le naphta y ait existé. Cela leur fit voir à quel point ils vivaient calmement contre le malaise qui traînait derrière eux cette fièvre de l'or noir. Il peut arriver que dans certaines terres il y ait du pétrole et dans d'autres pas, auquel cas la simple présence d'un puits qui pourrait profiter à quelqu'un sans savoir qui, pourrait, au contraire, en ruiner d'autres, puisque la terre subirait l'afflux de ce liquide desséchant et mortel, qui pourrait assécher la terre, rendre les cultures stériles et détruire le bétail.

En revanche, s'ils se joignaient à une dure croisade contre toute tentative de forage, ils gagneraient chaque jour davantage, car à mesure que les ranchs et les champs envahis par les puits disparaissaient, la viande et les céréales se faisaient rares, en raison de la croissance des villes pétrolières et gazières. Leurs produits et leur bétail seraient vendus mieux et à un meilleur prix, puisque le marché de l'offre et de la demande était celui qui fixait la structure des prix et qu'il y avait plus de pénurie et de besoin, plus de concurrence pour l'acquisition et des prix plus élevés.

Il a prêté serment et a promis de ne pas louer, vendre ou faire enfoncer une pioche dans sa terre pour trouver de nouvelles sources de naphte. Si les autres étaient prêts à le soutenir, il mettrait la force de son équipe dans la défense de ce territoire vierge, en faveur de qui que ce soit, et ils le défendraient de tout outrage ou coercition, pour l'obliger à abandonner son terres.

Si tel était le cas, chacun devait signer un document dans lequel il s'associait et promettait d'empêcher l'invasion des fauves qui parcouraient les lieux non encore exploités, à la recherche d'éventuels gisements à offrir aux entreprises. Tous pour un et un pour tous, et s'ils signaient le document et que quelqu'un en manquait, le seul fait de casser ce qui était signé, autorisait les autres à intervenir dans leur propriété de la manière que l'intérêt commun des autres exigeait. Et si lui, qui était celui qui possédait plus de terres que quiconque et avait les meilleures chances d'y posséder du pétrole, s'y engageait, il donnait une solide garantie aux autres, qui avaient moins de chance d'en obtenir. Au lieu de cela, ils continueraient à profiter de la pénurie de blé, d'aliments pour animaux et de viande et augmenteraient les bénéfices de leurs entreprises,

La proposition a été discutée, le pour et le contre ont été étudiés et, finalement, à l'unanimité, il a été convenu de former un front solide contre l'invasion pétrolière et de signer le document indiqué par Armor.

Il a été dressé, entre tous, précisant bien les bases de l'accord, auquel chacun s'est engagé pour son bien et en faveur des autres, et une fois rédigé et signé, des exemplaires ont également été signés par tous , de sorte que chacun en possède un.

Armor fut nommé président de cette étrange association, lui laissant l'initiative de faire face à toute tentative d'invasion. Armor accepta et, pour plus d'assurance, proposa d'augmenter son équipe avec une demi-douzaine de pions supplémentaires.

Si le prix de la viande montait, les profits permettaient cette augmentation des dépenses et contribuaient à renforcer la défense commune, dont personne ne pouvait être expulsé, s'il fallait en tout cas l'effort conjugué de tous. Bien qu'à ce moment le danger ne paraisse pas imminent, puisque les avant-gardes des perforateurs n'étaient pas encore arrivées dans les parages, il était bon de se préparer au cas où elles se présenteraient.

L'accord concerne, outre Armor, trois autres éleveurs, tous plus à l'est, et donc plus à l'arrière de l'avancée, et six colons plus ou moins importants. Parmi les dix, avec le personnel à leurs ordres, s'ils ne leur tournaient pas le dos, ils formaient une force qui pouvait être une barrière contre l'expansion de cette vague pestilentielle et dévastatrice.

Armor semblait être plus calme après ce pacte. S'ils l'avaient laissé seul, il pourrait être étouffé par ceux qui l'entouraient si du pétrole montait dans cette zone, mais maintenant une ligne de démarcation très avancée avait été tracée, ce qui empêcherait l'arrivée des chercheurs au cœur de ce vain absolu.

CHAPITRE II

DÉFIER

Un matin du début du printemps, Virginia, la fille d'Armor, était partie faire une promenade à travers la prairie. Le temps était magnifique, ils avaient eu des jours ennuyeux d'eau ou de vent coupant et alors que l'atmosphère s'installait et que le mauvais état cessait, la gloire de ces matins de printemps, si manqués, invitait à profiter de la sérénité du paysage et de l'atmosphère agréable et caressant.

Alors qu'il marchait à une courte distance du ranch, grattant la clôture de certains champs qui commençaient à apparaître très hérissés, il découvrit deux cavaliers avançant en direction du ranch. Ils montaient tous les deux deux beaux chevaux alezan, qu'ils avaient dû payer à bon prix.

La jeune femme s'arrêta un instant pour observer la direction qu'ils suivaient, et lorsqu'elle crut ne pas s'être trompée sur son intention de visiter le ranch, elle s'avança pour les rattraper. C'est alors qu'il reconnut l'un des cavaliers.

C'était Alvin Sekely, un homme d'une trentaine d'années, grand et souple, beau, avec un visage plutôt beau, et des manières énergiques et déterminées. Un homme qui semblait montrer qu'il y avait peu de choses au monde qui s'opposeraient à lui lorsqu'il marchait, lorsqu'il prenait le droit chemin d'une route. Et en effet, c'était un homme agressif et peu impressionnable, dont la vie était un pur accident, qu'il avait réussi à surmonter avec détermination.

De simple ouvrier agricole, il est devenu plus tard un cow-boy. Bien qu'en tant qu'ouvrier, il n'ait rien d'exceptionnel, il a beaucoup appris sur le bétail et un jour, lorsqu'il a trouvé une personne disposée à exposer une certaine somme d'argent dans le commerce du bétail, il a déménagé en Oklahoma et s'est consacré à l'élevage du bétail dans les villes. de l'État, où la possibilité d'obtenir du bétail frais qui lui fournirait de la viande n'était pas encore arrivée.

Et il a organisé un itinéraire, qu'il a ensuite étendu à plusieurs. Ainsi, plusieurs fois par an "une fois par mois au moins", il acquerrait quelques centaines de taureaux et, en conduisant, il les emmènerait sur les routes déjà tracées, et il repartirait, un par un, ou en plusieurs quantité, selon l'importance de chaque ville, les cornes qu'elle menait, jusqu'à ce qu'elles soient toutes en place.

Après cette expédition, il en commença une autre par des voies différentes, et ainsi i
développa une affaire qui lui procurait un bénéfice régulier.

Alvin avait conclu un accord avec Armor pour acheter une partie de ces bovins, qu'il
vendait au détail, mais lui offrait une bonne affaire.

Alvin avait l'habitude de se présenter au ranch tous les deux ou trois mois au
maximum. Il choisit cent têtes de bétail, envoya plus tard les péons à son service les
chercher, et disparut pour revenir quand il avait besoin de nouvelles acquisitions.

C'était à cela que Virginia le connaissait, et c'est pourquoi il était à peine assez
éloigné, elle le reconnut. Par contre, elle était sûre qu'elle n'avait jamais vu le
cavalier qui accompagnait Alvin, un homme d'une quarantaine d'années, bien
habillé, au visage séduisant et intelligent, dénoncer de la ligue qu'il était un homme
d'excellente position et plus habitué traiter avec des gens de viso, qu'avec des
éléments subalternes.

Mais ce qui a le plus attiré l'attention de Virginia, c'était la tenue d'Alvin, si
différente de ce qu'ils portaient toujours, que le changement remarquable ne
pouvait pas être négligé. En règle générale, Alvin s'habillait plus ou moins comme un
contremaître de ranch un peu suffisant. C'était une tenue de cow-boy en harmonie
avec l'entreprise qu'il dirigeait, bien que parce qu'il était plus qu'un simple ouvrier,
ses vêtements se distinguaient par la meilleure qualité et les meilleurs soins.

Mais cette fois, ces vestiges d'un homme du ranch avaient disparu. Il portait un
costume élégant, dont la couleur s'harmonisait avec le cheval qu'il montait. Sa
chemise n'était plus en flanelle à carreaux, mais en soie blanche, avec un plafond
sous le cou sur la poitrine, et ses bottes, qui étaient munies d'éperons argentés
brillants, étaient en cuir verni brillant.

Son gilet fleuri, de poche en poche, portait une épaisse chaîne en or, avec un
pendentif en forme de fer à cheval et même à l'annulaire de sa main gauche, il
exhibait une bague en or, avec un beau diamant, bien que sa taille ne fût pas
excessive. .

Alvin, reconnaissant Virginia, ôta son chapeau, maintenant noir, avec un haut rond
et pas comme d'habitude pour les cow-boys et avança le cheval vers elle, la saluant
avec un sourire joyeux :

« Quel grand plaisir de vous rencontrer, Miss Virginie !

— Pareil ici, monsieur Sekely. Nous ne l'avions pas vu par ici depuis au moins quatre
mois. L'autre jour, il a fait remarquer mon père.

« En effet, j'ai été très occupé pendant cette période et il ne m'a pas été possible de venir ici, mais juste pour que vous puissiez voir que je ne vous ai pas oublié, me voici.

"Je le fête.

« Eh bien, laissez-moi vous présenter : ce monsieur qui m'accompagne est M. Kaplan, un grand ingénieur et un homme qui connaît les horreurs de sa profession. Monsieur Kaplan, voici Miss Virginia Fuchs : fille de mon ami Rancher Armor Fuchs, à qui nous sommes venus rendre visite.

Kapan tendit la main à la jeune femme en disant :

« Je peux vous assurer que je ne mens ni ne dis aucune fausse flatterie, si j'affirme que j'ai eu un réel plaisir à la rencontrer.

« Merci, monsieur, vous êtes très galant.

Alvin intervint avec enthousiasme.

« Pas de galanterie ; M. Kaplan a dit une grande vérité. Dis-moi, Virginie, qu'est-ce que tu fais pour qu'à chaque fois que je viens ici je te trouve plus jolie, quelque chose qui semble impossible à surmonter ?

Elle répondit en riant :

« Ce sera qu'avec le beau temps, je me lave le visage plus souvent.

« Sortie très gracieuse, mais il faut au moins la laver avec de l'eau de beauté.

« Bien sûr, monsieur Sekely. J'ai un ressort à moi et je le garde jalousement pour que personne d'autre que moi ne l'utilise. Cela a été une chance de le trouver.

"Ne dites pas ça. Je pense que c'est le contraire et que c'est l'eau qui acquiert l'essence de la beauté lorsque vous vous lavez avec.

"Très jolie. Où as-tu appris tant de galanterie et pourquoi l'as-tu gardée si cachée ?

« Le contact avec les gens de haut rang, Virginia.

« Hmm... ! Je vois que vous avez changé votre tenue habituelle pour cette élégante. Ou est-ce que ça va à un mariage ?

« Qu'est-ce que j'aimerais de plus que d'aller à un mariage, mais un seul.

« Et si ce n'était pas de la curiosité ?

« À celui où tu étais la mariée et j'étais l'heureux mortel à qui tu devais dire 'oui'.

« Bravo. C'est la touche finale à votre cour.

"Je dis ce que je ressens.

"Eh bien, arrête de te moquer de moi. Il n'a pas répondu à la question, car je ne pense pas que ces vêtements soient les plus adaptés pour marcher parmi le bétail.

"Oh, bien sûr que non! Je ne vais pas le salir en me frottant la peau de qui que ce soit.

« Alors… pourquoi vient-il ?

« Je veux parler affaires avec ton père. Est-il au ranch ?

"Eh bien je ne sais pas. Je suis parti il y a presque deux heures et je n'ai aucune idée d'où ça peut être.

« Je souhaite te voir, Virginie. La question est très importante pour nous deux.

« Eh bien, allons au ranch ; S'il n'est pas là, je l'enverrai dans les pâturages pour le chercher.

"Merci. Tu es toujours aussi gentille que mignonne.

Elle n'a pas voulu répondre au compliment. Il n'aimait pas tant insister pour la flatter.

Quand ils sont arrivés au ranch, le travailleur qui gardait la cour les a informés que le rancher venait de monter à son bureau.

"Je suis content, car ainsi nous ne perdrons pas de temps", a déclaré Alvin. Voulez-vous nous faire de la publicité, Virginia ?

Elle haussa les épaules. Deux ou trois fois, Alvin, malgré sa galanterie, l'avait nommée avec une familiarité à laquelle il n'avait pas droit. Leurs relations avaient toujours été superficielles et il n'aimait pas que personne ne prenne des libertés auxquelles il n'avait pas eu droit.

Il grimpa devant eux et, s'arrêtant à la porte du bureau, l'ouvrit et regarda à l'intérieur. L'éleveur, le voyant, s'écria :

"Bonjour ma fille, tu veux quelque chose ?

« Oui, papa, pour annoncer que M. Sekely est ici avec un ami et veut te voir.

"Très bien, laisse faire.

Elle se retourna et remarquant le mot, dit :

— Vous pouvez entrer, monsieur Sekely.

Merci Virginie.

« Mlle Virginia… jusqu'à maintenant.

" Oh, excusez-moi ! " répondit-il, un peu coupé Alvin. " J'ai pensé à l'amitié… Excusez-moi encore.

Et un peu choqué par la touche d'attention que la jeune femme avait fait vibrer à ses oreilles, il se dirigea vers le bureau.

L'éleveur, le voyant habillé si élégamment, ouvrit les yeux avec stupéfaction, et après le salut, il commenta :

« Diable, Alvin, je ne te connaissais pas à cause de ton look élégant. Les affaires semblent bien se porter.

« IPhs ! Cette affaire ne m'intéresse plus.

"Ce… lequel ?

« Celui avec le bétail. Je ne peux pas me plaindre de lui car j'ai fait un profit assez acceptable, mais il y a des choses qui sont dépassées et je vis avec le dynamisme de l'époque. Celui qui ne le fait pas devient obsolète et perd ses bonnes opportunités.

« Aww ! Je ne savais pas… qu'est-ce que tu fais maintenant, Alvin ?

« Je suis devenu un sauvage.

"Comment mangez-vous ça avec? Je ne l'ai jamais entendu.

« Pas étonnant, coincé ici et livré uniquement à votre bétail, vous semblez vivre très loin de la réalité de la vie et un homme comme vous, qui a fait preuve d'arrestations et de courage pour venir ici, limiter les terres et construire et entretenir cette grande propriété ; Il a plus qu'assez de conditions pour devenir millionnaire avec peu d'effort.

« Maintenant… Mais je… n'aspire pas à des millions, et je n'aime pas non plus faire plus d'efforts que ceux de mon initiative, qui s'adapte à mes goûts et mes loisirs. Je suis né éleveur et je consacre plus d'énergie et d'affection au bétail. Tout ce que le bétail ne peut pas me donner, je ne le veux pas ailleurs.

« Eh bien, j'espère que vous vous convaincrez bientôt. Pour l'instant, excusez-moi de vous présenter. Il s'agit de M. Kaplan, ingénieur au service de l'Oklahoma Oil Company.

« Je suis ravi de vous rencontrer, tout comme M. Kaplan. Le reste, si ça sent l'huile, ça ne m'intéresse pas.

« Il est l'un des ingénieurs géophysiques les plus réputés de l'entreprise.

"Encore pire.

"Je ne comprends pas, mais bon, nous allons clarifier. Et puisque vous m'avez demandé ce que signifie ce fauve, je vais vous l'expliquer. Je suppose que vous n'êtes pas si ignorant que vous n'êtes pas au courant de l'énorme révolution qui se déroule dans l'État, avec la découverte de pétrole.

"Non, je ne suis pas ignorant.

"Eh bien, c'était une explosion comme personne ne pouvait rêver. Il semblait que le sous-sol était prêt à éclater pour jeter les mers d'huile qui ne rentrent plus dans ses entrailles et il n'y a aucun endroit où un trou est ouvert, qui ne finisse par en jaillir de l'huile.

»D'innombrables entreprises se forment pour canaliser la production et collecter cette fortune en or noir, afin que pas un seul gallon ne soit perdu. Parmi les différentes entreprises déjà en activité, celle que j'ai citée est la plus forte, la plus organisée et celle qui possède le plus d'éléments opérationnels. Mais, pour le moment, elle s'est sentie dépassée par l'afflux énorme de puits et ne peut se consacrer à en ouvrir de nouveaux, avec la perte de temps que cela peut impliquer de les frapper.

»Mais comme il ne s'agit pas de perdre de nombreuses et très belles opportunités en les laissant à d'autres, ils ont loué de nombreux kilomètres de terres autour des ieux où le pétrole a poussé et dans d'autres où leurs ingénieurs ont étudié le terrain et croient qu'il y a des dômes caché contenant de grandes masses de naphta et la question est de le révéler.

» C'est le travail des sauvages. Ils nous appellent ainsi, car ils considèrent que nous découvrons le pétrole par intuition.

"Par exemple, je me promène dans une zone limitée et montre un endroit en disant:" Il doit y avoir du pétrole ici ", et je creuse modestement un trou tout seul, mais bien sûr sur le terrain de l'entreprise et pour cela. J'utilise un certain un certain temps et un certain travail, en le payant moi-même. Si j'échoue, parce qu'il n'y a pas de pétrole, ou parce que je suis trop profond, je ne peux pas l'atteindre avec de si mauvais moyens de forage, la compagnie me verse une compensation pour couvrir une partie du dépenses que j'ai faites et ensuite, je recommence dans un autre site. Et le pétrole et est-ce que j'ai bien compris ? Ensuite, la société m'accorde une partie du profit rapporté par le puits découvert par moi, et si je ne veux pas et nous arrivons à un accord, il me donne un montant total et je renonce au profit.

» Comme je suis un homme déterminé et que j'aime risquer de gagner, dès que ce moyen d'exploitation a commencé, j'ai renoncé à continuer le trafic de bétail et ai exposé mes économies en creusant des puits de cette manière. J'ai pu tout perdre et j'ai pu gagner beaucoup.

»Jusqu'à présent, je ne peux pas me plaindre, car je n'ai pas perdu, et bien que je ne sois pas devenu millionnaire, j'ai eu de la chance avec plusieurs découvertes et j'ai collecté une somme qui semblerait fantastique à un autre, mais qui ne me séduit plus, parce que j'aspire à gagner beaucoup plus.

» La preuve, vous le voyez déjà. Maintenant je m'habille bien, j'ai acheté un bon cheval, une belle bague, et j'ai plusieurs hommes de main qui travaillent pour moi à cet égard. La chose a bien soufflé et je suis très satisfait.

"Très bien" répondit Armor, qui était écoeuré par tout ce qui parlait de pétrole "et je suppose que sa visite est due au fait de se rendre compte de sa bonne chance et de me dire de ne pas compter sur ses achats de bétail pour l'avenir : je l'apprécie car maintenant les commandes, en raison de l'augmentation de la population, sont plus importantes et ainsi je pourrai servir d'autres qui me pressent de leur fournir plus de bétail.

Alvin a souri avec sympathie et a répondu :

« Non, je n'en suis pas venu à ça. En fait, je pense que vous auriez dû vous soucier très peu du commerce du bœuf.

"Pour quelle raison si c'est le mien?

« Parce qu'il y en a d'autres qui sont plus productifs et encore plus lorsque vous possédez la quantité de kilomètres de terres que vous possédez.

« Qu'est-ce que ça veut dire ? Je ne te comprends pas.

« Simplement que je suis venu proposer une entreprise beaucoup plus productive que le bétail.

"Lequel?

« Celui avec de l'huile.

« Il me semble que vous avez été confondu avec moi.

« Pourquoi ? Est-ce une mauvaise affaire ?

« Je ne sais pas, mais pour moi, comme si c'était le cas. Heureusement, jusqu'ici l'huile n'est pas apparue ici et il vaut mieux qu'elle n'apparaisse pas, car... beaucoup de choses peuvent arriver.

« Allons, monsieur Fuchs, ne dites pas de telles choses. Savez-vous ce que c'est que de pouvoir gagner en un mois ce que vous ne gagneriez pas en plusieurs années, malgré la valeur de votre ranch ?

« C'est pareil, je ne suis pas ambitieux et surtout ; même si c'était le cas. Je veux gagner de l'argent avec ce que je fais, avec ce que je comprends et aime, pas avec ces choses dégoûtantes.

« L'argent n'a ni goût ni odeur.

"Pour ceux qui le pensent.

Allez, M. Fuchs. Ne dis pas ça; Je suis sûr qu'ici, dans les limites de votre succession, vous disposez de plusieurs milliers de dollars.

« Est-ce que ça t'a touché au nez ? Je souris un peu d'intuition pour ça.

« Ce n'est pas de l'intuition, mais de la sécurité et c'est pourquoi je suis venu vous voir. J'espère que vous vous convaincrez que c'est une bonne affaire et que nous parvenons à un accord.

Il est vrai que le pétrole n'est pas encore arrivé jusque là, mais il viendra, ne le pensez pas et justement parce que ces terres étaient encore libres d'exploration, moi, bien que ce soit vous de mon intuition, j'ai eu le pressentiment que il pourrait y avoir du pétrole ici non découvert. Ceci, pour le premier à le faire émerger, serait une belle affaire et ensuite, j'ai parlé avec certains membres de mon entreprise et leur ai demandé de me prêter un ingénieur pour faire des études sur ces domaines, et bien que les études n'aient pas été faites en profondeur, car pour cela il faut un matériel très vaste et coûteux, tout porte à croire qu'il y a du pétrole à ces endroits.

Et s'il y en a, vous, qui possédez le plus de terres, êtes le plus susceptible d'être vu du jour au lendemain avec l'émergence de quelques puits, qui donneraient plus d'une vingtaine de ranchs comme celui-ci en dix ans. Nous y gagnerions tous, et l'entreprise pour laquelle je travaille s'empresserait de mettre toute sa puissance économique au service de l'exploitation. Pensez-y, M. Fuchs, car la proposition est tentante.

« Même si cela valait tout l'or qui se trouve à la Banque nationale, je ne l'accepterais pas. Moi seul sais l'affection que j'ai pour ces pâturages, ce que j'ai combattu pour les voir fleurir tels qu'ils sont et pour voir mon gros bétail luisant. Je sais seulement ce que vaut ce paysage comme cadeau aux yeux et la valeur de sa sérénité. Je mourrais le jour où j'aurais vu cette herbe qui poussait avec ma sueur se dessécher et me voir enveloppée de cette odeur nauséabonde que rien que d'y penser me rend malade. Je gagne assez avec ce que j'ai et je n'en veux pas plus.

Alvin, agacé, répondit :

"Et pensez-vous que parce que vous persistez dans cela, vous allez éviter ce qui est irrémédiable? Vous n'appréciez pas ce que je suis venu vous proposer, car ce que j'ai fait avec vous, je peux le faire avec n'importe quel autre colon ou éleveur à proximité, et le pétrole coulerait de la même manière et les effets pour vous seraient les mêmes, mais sans bénéfice.

« Vous croyez ? Eh bien, essayez de voir si vous avez plus de chance avec un voisin qu'avec moi.

« Est-ce que cela me défie ? Pensez-vous que tout le monde pensera comme vous lorsqu'il verra qu'il peut faire fortune en quelques semaines ?

«Je lui dis d'essayer de voir s'il peut réaliser ce qu'il ne peut pas avec moi. Je ne veux pas savoir pour le pétrole, je ne veux pas que quelqu'un traîne sur ma terre et lui applique son nez s'il sent ce fichu parfum, parce que le premier que je vois dédié à ça, je le laisse cloué par des coups de feu .

Alvin se raidit. Il s'y était rendu sûr de son succès, s'était fait accompagner d'un ingénieur pour qu'il puisse commencer ses investigations, et avait reçu la gifle la plus retentissante qui pût lui être donnée.

Se considérant ridicule pour cette attitude, il s'exclama d'un ton incisif :

"C'est bon. Si c'est un défi, je l'accepterai et je consacrerai mes efforts à localiser le pétrole dans cette région. Je t'ai offert quelque chose que beaucoup aimeraient, et tu m'as répondu avec un éclat. Quand tu vois du pétrole étant né au bord de votre pâturage, alors vous pouvez penser autrement.

"Le jour où je verrai (si je le vois et toi aussi), du pétrole sortira avec mes parents et je suis menacé d'une tentative de ruine..., il me semble que quelqu'un regrettera d'avoir pensé à venir voir pour cela ici. qu'il a pu chercher dans des endroits moins dangereux. Je défendrai ce qui est à moi comme le plus brave le défendrait, et prends note de ceci, Alvin, car cela t'intéresse. S'il y a tant de pétrole en Oklahoma, cherchez de nouvelles sources ailleurs et ne venez pas menacer la mienne inutilement, car je ne la tolérerai pas.

"Très bien. Je ne vais pas le chercher sur votre propriété, parce que je ne peux pas, mais il n'y a aucune loi qui m'empêche de le chercher dans d'autres endroits à proximité. Il n'y aura pas d'autre colon ou éleveur dans ce région qui sera ravie de ma proposition. Vous m'avez fait envisager une question d'amour-propre pour vous chercher ici, et comme je suis un homme qui ne recule jamais lorsqu'il est mis au défi de quelque chose, je vais vous chercher et ... Je te trouverai.

"Eh bien, vas-y, je suis curieux de savoir qui sera, de toute cette région, celui qui accepte sa proposition. J'ai peur que tu te fasses trop d'illusions là-dessus.

— Le temps nous le dira, monsieur Fuchs, et comme tout ce dont nous avons eu à traiter est couvert, je vous quitte.

« Vous faites bien, parce que ce sera mieux pour tout le monde.

« Qui sait pour qui ce sera le mieux. En attendant de nous revoir, M. Fuchs...

« Jusqu'à ce que nous nous revoyions... mais pas ici, Alvin.

« L'endroit est le même pour moi, s'il n'est pas ici, il sera très proche.

Avec raideur, il quitta le bureau sans dire au revoir, suivi de Kaplan, l'ingénieur, qui n'avait pas du tout été mêlé à l'âpre discussion. Sa mission était d'étudier le terrain où il était commandé, et le reste ne le concernait pas. Mais il n'était pas très content de l'interview. Il avait deviné que l'éleveur était un homme très rude et il prévoyait

que si du pétrole se déversait dans les environs et endommageait ses pâturages, il y
aurait la guerre et cela durerait.

CHAPITRE III

RAPPORTS DÉTRESSANTS

Virginie était dans la cour en train de nourrir les canards, qui nageaient majestueusement sur le bassin de pierre, quand Alvin et l'ingénieur débouchèrent sur le porche. La jeune femme était curieuse de savoir où était allé le passeur, car elle devinait que sa visite n'était pas liée au bétail.

C'est pourquoi, lorsqu'ils s'avancèrent vers la clôture, il demanda :

« Partez-vous maintenant, monsieur Sekely ?

"Oui..." Mademoiselle Virginie. N'est-ce pas comme ça que tu aimes être appelé ?

"Eh bien oui, je pense que j'y ai droit.

« Parce que c'est moi précisément ?

« Pour être toi et pour être n'importe qui. Il n'y a aucun motif ou relation intime pour quoi que ce soit d'autre.

« Bien sûr, surtout quand tu es la fille d'un puissant éleveur, et que je suis... ou j'étais, un vulgaire et pauvre marchand de bétail.

« Et ça doit faire ?

"Beaucoup de. La fierté de classe va à la tête de beaucoup et de beaucoup, oubliant qu'une grande partie venait des couches inférieures. Cependant, vous ne savez peut-être pas que moi aussi j'ai changé de fortune comme votre père a changé quand il est venu ici, et que au bout d'un moment, je gagnerai tellement d'argent que je pourrai appeler le président lui-même.

"Ce n'est pas une question de fortune, monsieur Sekely..., c'est une question d'éducation et de délicatesse, et cela... ne s'achète pas avec de l'argent.

"Peut-être; Mais la bêtise s'achète parfois avec de l'argent, et son père a pris tout ce qu'il y avait en Oklahoma. Je suis venu en ami pour proposer une affaire que beaucoup auraient enviée et il m'a répondu d'un coup de pied souverain.

Êtes-vous sûr qu'il ne vous a pas répondu en accord avec ce que vous méritiez ? Mon père sait traiter les gens selon ce que chacun mérite.

« Et vous avez été éduqué dans la même école.

« Je ne suis pas sa fille pour une raison.

"Eh bien, prépare-toi à me connaître comme ton père le saura, pour que tu apprennes à me rendre des grâces et à ne pas lancer de stupides menaces comme s'il était le seul homme sur terre et les autres vils vers qu'on peut écraser avec nous.le pied.Il ne veut pas d'huile, qui est de l'or noir et jaune, bien qu'il en doute, mais il aura de l'huile jusqu'à ce que l'odeur l'étouffe.

"C'est ça ? Si j'avais su, je t'aurais évité d'avoir à prendre ce coup de pied qui fait si mal..., ou du moins je te l'aurais donné, ce qui aurait toujours été plus doux , même si tu penses que les mules sont plus dangereuses que les chevaux . Non, mon père ne veut pas d'huile, et si ça te sert un conseil, prends-le : c'est dangereux d'essayer de la mettre devant son nez au cas où des étincelles apparaissent et quelqu'un s'en brûle.

« Nous allons voir ça, 'Mlle' Virginia.

« Nous allons 'entendre' cela, monsieur Sekely, et j'ai le sentiment que certains seront très dérangés par le bruit.

Elle lui tourna le dos et se dirigea vers le porche, tandis qu'Alvin, les dents serrées, la suivait des yeux et marmonnait :

« Il me semble que vous allez aussi entrer dans le combat. Je ne supporte pas les filles stupides de votre calibre et qui sait si vous le regretterez plus que moi.

Virginia, tendue, après son dialogue tendu avec Alvin, monta dans le bureau de son père. L'éleveur, doté d'une fureur illimitée, marchait comme un lion en cage à travers l'étroite enceinte du bureau.

La jeune femme, se rendant compte de sa nervosité, s'exclama :

« Calme-toi, papa ; un gars comme ça ne mérite pas de réfléchir. Beaucoup de choses vous sont montées à la tête et vous vous rendrez vite compte que ce n'est que de la fumée.

« Est-ce que vous... savez-vous pourquoi il est venu ?

"Oui, j'ai eu une conversation désagréable avec lui sur la terrasse, et quelque chose qu'il m'a dit et... quelque chose qu'il devait écouter. Pensez-vous que cela vaut la peine de lui donner de l'importance ?

« Je ne sais pas quoi te dire, Virginie. Je ne pourrai le savoir que lorsque la solidité de l'accord que tous les propriétaires de ce bassin ont signé sera mise à l'épreuve.

"Pensez-vous que n'importe qui peut manquer son engagement ?

"Je ne sais pas, je peux seulement affirmer que je ne le ferai pas.

« Si les autres se sont volontairement engagés...

« Il faut connaître le cœur humain et ses faiblesses, Virginie. Lorsque le danger est loin, nous pensons tous que nous sommes assez courageux pour le surmonter, mais lorsque nous l'avons au-dessus de nous, la valeur est généralement très différente. Jusqu'à présent, ils ont cru, comme moi, à la question du pétrole, non pas parce qu'il pourrait survenir dans leurs propriétés, mais parce qu'il pourrait survenir dans celles des autres et non les leurs, ce qui serait ce qu'ils considèrent comme le véritable dommage. Je pense qu'il y en a peu qui comme moi, veulent la terre pour ce qu'elle est en soi et non pour ce qu'elle peut cacher sous les pâturages ou les oreilles. Peut-être que beaucoup, s'ils avaient été assurés qu'ils cachaient de l'huile sous leurs pieds, n'auraient pas signé l'engagement ; s'ils le faisaient, c'était pour empêcher les autres de s'enrichir avec et ils pouvaient, au contraire, être les victimes de la richesse du voisin.

« Oui, je pense que vous avez raison, mais si personne ne sait avec certitude qu'il y a du pétrole en dessous, ils ne s'aventureront pas à trahir leur engagement et à s'exposer à être les premières victimes de cette fichue affaire.

"Je ne sais pas; Tout dépendra de la façon dont ils abordent la bataille et s'ils recherchent le point faible de quelqu'un. De toute façon, ne jouez pas avec moi, c'est dangereux. J'ai été le premier à être attaqué au nom de tous, et le d'abord l'avoir rejeté, bien qu'il n'aurait pas été difficile pour moi de leur permettre d'ouvrir quelques trous pour voir ce qu'ils ont trouvé. Si j'ai rempli l'accord, que les autres m'imitent, ou par l'enfer je jure que celui qui ne respecter l'accord, j'ai mis le canon de mon revolver au-dessus de sa tempe.

« Papa, pour l'amour de Dieu, ne t'énerve pas.

— Je me préviens, Virginie. Ce type, Alvin, est un serpent venimeux et va à votre jeu sans se soucier des autres. C'est très confortable pour lui de tenter une expérience dans mes pâturages... ils sont vastes... quelque part il pourrait avoir la chance de découvrir l'huile si elle existe et alors... le déménagement serait merveilleux pour lui.

Étant donné la taille de mon ranch, quelques puits lui rapporteraient un grand profit il pouvait même louer sa terre à d'autres ; Ce serait l'idéal pour lui, car bien qu'il aurait exposé une poignée de dollars pour ouvrir la bouche, il n'aurait alors qu'à ouvrir la main pour commencer à recevoir de l'argent. Le reste, du travail, de l'énervement, de l'inconfort, voire des galères, pour l'entreprise, pour moi et pour mes voisins. Lui, en disant à la compagnie, il y a le pétrole, viens mon argent, j'en aurais assez.

« Et s'il a tort et qu'il n'y en a pas ?

« Il va dépenser un peu de ce que la chance a mis dans ses poches et le chercher ailleurs.

«Cela est exposé pour lui.

« Jusqu'à un certain point, pour ceux qui ont peu, ils peuvent perdre peu. En revanche, l'arrogance l'aveugle et il a suffi de le gratter un peu à contre-courant, pour qu'il se recroqueville en lançant ses menaces. Je pense que, par orgueil, il essaiera ce qu'il n'essaierait pas par égoïsme, et il en a beaucoup.

« Ayons confiance que les autres tiennent parole et répondent comme vous.

« C'est ce qu'il faut, mais au cas où, je devrai maintenir une vigilance tenace et menacer à nouveau les faibles de mémoire ou les pauvres d'esprit. J'ai toujours craint l'invasion du pétrole, mais par ses voies normales, par un enchaînement d'événements qui le rapprocherait ici progressivement, ou peut-être qu'il n'arriverait pas, si entre les endroits les plus proches où il existe actuellement et ce bassin, ils trouvé un vide qui les a découragés. continuer vers l'est. Ce que je n'ai jamais supposé, c'est que l'explosion est tombée sur moi par tir indirect, me cherchant précisément comme cible. Putain la fois où j'ai rencontré ce type !

« Attendons calmement, papa. Pour perdre vos nerfs, il sera temps si les choses tournent mal.

« Non, car ce que je dois éviter, c'est justement qu'ils puissent prendre une mauvaise apparence. Je dois devancer ce gars et je le ferai sans perdre de temps.

Et ce même matin, l'éleveur, furieux, prépara son cheval et se prépara à rendre visite à tous les éleveurs et colons des environs, qui avaient promis de tenir bon, ne donnant pas de facilités pour convertir ces champs et ces vertes prairies en un enfer noir de sale l'huile, les mauvaises odeurs, la désolation et une pépinière d'hommes grossiers et combattants, chargés de la dure tâche de manier un élément aussi nauséabond.

Quand je marchais dans la douceur verte du paysage sous la caresse du soleil, quand je contemplais au loin la note émouvante du bétail broutant doucement l'herbe, ou la gloire des épis de blé se balançant en douces vagues, caressés par la brise matinale, il sentit la rage d'un volcan en éruption enflammer son sang, alors qu'il réfléchissait à ce que cela signifierait de voir toute cette richesse naturelle détruite, la transformer en une forêt de tours en bois brut, vomissant des jets d'huile mélangée à de la terre dans le atmosphère limpide et transformant tout en un bourbier sale et malodorant et dévastateur.

Il ne pouvait pas y consentir, il ne voulait pas y consentir, et il risquerait non seulement la succession, mais sa vie dans l'entreprise. Si au lieu de pétrole c'était de l'or véritable que la terre avait renfermé, rien n'aurait eu d'importance. Leurs pâturages et leur bétail n'auraient rien souffert, car autour de leur propriété la terre s'ouvrirait jusqu'à ce qu'elle soit percée de part en part, car l'or, ni taché ni répandu, ni dévasté et desséché les entrailles de la terre comme une malédiction de Dieu . Il aurait eu des difficultés naturelles contre la cupidité des prospecteurs, mais ces luttes auraient eu les mêmes avec les prospecteurs de pétrole, en plus du reste des inconvénients.

La matinée était perdue à faire des visites. Maintes et maintes fois, il a dû expliquer la violente discussion avec l'ancien marchand de bétail, ses menaces de ne pas lui permettre de gâcher ses terres et d'y mettre la marque de la discorde, menaces qu'il avait ramassées d'homme à homme, pour les soutenir. sur le terrain qu'Alvin aimerait considérer.

Et toujours ses dernières phrases étaient les mêmes :

« Rien ne vous donne le droit de vous assurer qu'il y a du pétrole ici. J'essayais de le prouver à mes dépens, de devancer les autres, mais je suis sûr que c'est une tentative de tenter ma chance au hasard et rien de plus. Maintenant, juste pour se venger de mon refus, je suis sûr qu'il essaiera de semer les mauvaises herbes parmi tous, assurant ce qu'il ne peut pas assurer, seulement pour briser notre harmonie. J'espère que chacun d'entre nous remplit son engagement et que personne n'entraîne de conséquences graves. Nous avons pesé le pour et le contre avant de nous engager, et la parole des hommes doit être avant tout tenue.

C'était tout ce qu'il pouvait faire, et bien que personne n'ait osé le contredire, il est revenu avec la peur qu'Alvin ait eu assez d'ingéniosité pour produire de l'agitation dans les esprits, provoquant une sérieuse division.

Le moins était que cela ferait hésiter quelqu'un et l'obligerait à manquer à son engagement, lui permettant de réaliser une enquête, le tragique serait que si l'enquête avait de la chance et provoquait la catastrophe, qu'il s'efforçait tant d'éviter .

D'après les rapports qu'il avait acquis, le pétrole était exploité de manière beaucoup plus centralisée. C'était là où, pour le moment, se produisait le foyer de la fièvre et où ils se battaient et travaillaient jour et nuit, pour s'occuper plus ou moins efficacement de ramasser ce qui germait, comme si toute la terre était creuse et que l'huile se débattait. pour sortir au premier petit trou qui s'est ouvert dedans peu profond.

Selon certains témoins qui avaient parcouru une partie de la zone, une grande partie des germes a été perdue en raison du manque d'endroits adéquats pour les conserver jusqu'à ce qu'ils puissent être collectés. D'énormes jets ont jailli, qui se sont ensuite déversés comme des ruisseaux pestilentiels, brûlant les terres qu'ils traversaient, brûlant champs et prairies, pénétrant dans les champs voisins pour ruiner les personnes touchées et provoquant des conflits et des combats, qui menaçaient de se reproduire dans un autre sens. , quels étaient les environs de San Francisco en l'an 48.

Ces rapports furent reçus deux jours plus tard, corrigés et augmentés par un témoin oculaire de cet enfer.

C'était un neveu d'Armor, fils d'une sœur de sa belle-sœur.

Joseff Fuchs, le frère d'Armor, était marié à une Texane nommée Clara, qui, à son tour, avait une sœur veuve avec un fils nommé Gleen.

Les frères d'Armor ont essayé d'aider la veuve à aller de l'avant jusqu'à ce que son fils puisse l'aider et celui qui a le plus contribué à cette aide était Armor, car il était le mieux loti.

Plus tard, lorsqu'elle a appris qui était le garçon et à quel point il était intelligent et disposé à faire son chemin dans la vie, elle a décidé de l'aider à progresser et a payé ses études à McAlester, où il s'est appliqué si dur, qu'à Marches forcées , prouvant ses capacités et son talent, il terminait ses études en droit en moitié moins de temps que n'importe qui d'autre aurait utilisé pour ses études.

Armor était flatté non seulement par l'intelligence de Gleen, mais par son estime de soi pour raccourcir les distances et terminer sa carrière le plus tôt possible, étant le moins pénible possible pour ceux qui l'aidaient, et comme il était aussi un combattant, il savait mieux que l'appréciation de quelqu'un d'autre. capacités du garçon et son esprit courageux à percer dans la vie.

Chaque été, Gleen, après une brève visite avec sa mère, passait des vacances à l'Armor Ranch, où elle était chaleureusement reçue. Armor était fier de Gleen, parce que peu importe ce que le garçon était dans la vie, il le considérait comme son œuvre, et aussi parce qu'il était un jeune homme excellent et reconnaissant.

Et c'était précisément Gleen qui venait d'arriver au ranch en prévision de ses vacances.

Peut-être à cause de trop d'études et de travail, il était malade depuis quelques semaines, accusant l'effort, et les professeurs lui avaient accordé un mois de congé pour se rétablir. Ils savaient que ses études étaient si avancées, que cette pause n'influencerait pas pour qu'au moment des examens, il réussisse ses matières.

Armor fut surpris de sa visite inattendue et intempestive, mais il lui suffisait de constater que le garçon avait perdu beaucoup de poids et avait les yeux enfoncés et les joues pointues, pour comprendre à quel point il avait besoin de repos et d'air frais et vivifiant.

« Comment allez-vous ici si tôt ? "Je demande.

"Ils m'ont obligé à suspendre mes études pendant un mois, mon oncle", a-t-il répondu. J'étais très fatigué depuis quelques semaines et j'avais de gros maux de tête, et on me recommandait un mois de repos, et je ne voulais pas aller voir ma mère directement, pour ne pas l'effrayer si elle me voyait dans cet état. C'est pourquoi je suis venu ici.

« Vous avez bien fait. Après tout, personne ne vous presse de faire cet effort. Vous savez que je vous aide avec beaucoup d'affection, car en plus de savoir que vous le valez bien, je sais que vous n'êtes pas un transat, mais un garçon assidu qui veut faire de vous un homme. Peu m'importe qu'il faille environ un an pour obtenir votre diplôme, mais que vous le terminiez normalement.

"Il me reste peu, mec. J'ai passé deux cours chaque année, et le prochain je finirai mon diplôme. Je veux le faire, m'installer dans la capitale pour voir si j'ai de la chance et j'emmène ma mère à mes côtés et je viens d'être un fardeau pour vous. C'est dommage que vous ne soyez pas en mesure de l'exercer en ce moment, car vous n'avez aucune idée des poursuites et des combats qui ont lieu à cause de cette stupide ruée vers le pétrole. Je crois que si cela continue, il faudra recruter des noyés dans tous les Etats de l'Union, pour les amener en Oklahoma.

« Dommage qu'ils n'éclatent pas tous et ne s'enfoncent pas dans leurs putains de puits. Je pense que c'est l'enfer.

— Tu ne le sais pas vraiment, mon oncle. Je suis venu de McAlester par le champ pétrolifère de l'autre côté de la rivière Muddy Boggy et vous n'avez aucune idée de ce que c'est. Tout ce qui était beau et attrayant dans le paysage est mort devenu d'immenses marais noirs, qui puent et donnent le vertige. Des champs qui étaient sur le point de porter des fruits sont tombés car le sol s'est imprégné d'huile et a empoisonné les épis. De nombreux pâturages où il avait du bétail sont devenus des sols brûlés, et leurs propriétaires ont dû émigrer avec le bétail pour les sauver, je connais des combats acharnés entre les blessés et ceux qui ont trouvé du pétrole sur leurs terres, précisément à cause des dommages causés à ceux qui n'ont rien à voir avec ces puits.

Les villages, autrefois tranquilles, sont devenus des maisons de fous en vrac, des aventuriers de partout viennent à l'odeur du pétrole, certains pour travailler, d'autres pour en vivre comme bon lui semble. Il n'y a pas d'endroit où être, la vie est devenue terriblement chère et tout se fait rare ; l'alcool a le vent en poupe et la violence règne partout.

» Les sociétés exploitantes tentent de sortir de ce babillage pétrolier, d'en profiter, mais la réalité les submerge. Les gens sont tellement stupides qu'ils croient que tout se résout en ouvrant un trou et en faisant jaillir un flot incessant de pétrole, mais alors, quand ils l'ont vu naître, le désespoir et les ennuis arrivent. Ils n'ont pas prévu le reste, ils manquent de gisements où le recueillir, il s'échappe inutilement partout, causant des dégâts et des pertes à longue distance, ils cherchent fébrilement un moyen de le contenir en creusant à nouveau la terre pour produire des lagunes qui se remplissent avant qu'ils ne ouvert. Pour le reste, je peux vous raconter certaines choses dont j'ai été témoin et qui vous donneront une idée de ce qu'est cet enfer.

» Afin de collecter le pétrole d'une manière ou d'une autre, ils recherchent des navires là où ils se trouvent, de quelque sorte qu'ils soient. J'ai vu une taverne pillée et les cuves à vin renversées pour y mettre de l'huile, ils entrent dans les maisons, saisissent des seaux et autres récipients dans le même but, et chaque pillage est un combat ou un combat, parfois avec effusion de sang.

» Et il en va de même avec les véhicules, de quelque nature qu'ils soient, puisqu'ils sont indispensables pour extraire le pétrole et l'acheminer là où il est raffiné, ou pour le livrer à celui qui l'achète brut.

» Celui qui en a les moyens, paie les wagons au prix qu'on lui demande, celui qui n'a que ça, un jet d'huile qui une fois de nouveau né s'infiltre dans la terre faute de moyens pour le ramasser, peine à s'emparer eux de tirer. Les entreprises qui commencent à organiser la collecte, amènent des véhicules, qui sont parfois dévalisés sur les chemins par ceux qui n'en ont pas.

» J'ai vu comment arrivent quelques caravanes de charrettes à conteneurs, escortées d'hommes armés de fusils, qui doivent livrer de vraies batailles avec ceux qui partent sur la route pour tenter de s'emparer de matériel si précieux, et malgré l'afflux d'aventuriers, il y a pas assez de main-d'œuvre pour travailler correctement dans les puits.

» Ils leur offrent des salaires dont ils n'ont jamais rêvé, bien que le travail ne soit payé avec rien, car c'est le plus pénible et le plus grossier que j'aie jamais vu. Mais l'argent fait des miracles.

« Ils travaillent comme des bœufs et puis, dès qu'ils sont payés, ils vont dans les tavernes pour secouer l'odeur de l'huile d'alcool et se saouler et se battre et ils sont comme des troupeaux de buffles errant dans les rues des villages. Quelque chose qui m'a fait dresser les cheveux et m'a fait abandonner ça plus que vite pour ne pas me sentir complètement folle.

"Je ne doute pas que tout cela sera une immense richesse qui produira de grands bénéfices et sera très utile à l'économie de la nation, mais de tels gains et bénéfices peuvent être pardonnés pour ne pas soutenir ces images dommageables et pour les dommages qu'elles causent à ceux qui n'ont rien. à voir avec le pétrole, et ils ne veulent pas non plus le savoir, ce qui est beaucoup.

« C'est triste et triste de contempler bêtement ce qui a été perdu dans cette région. Vous qui êtes amoureux du paysage, de ses pâturages, de ses vergers et de ses fleurs, votre âme tomberait à vos pieds si vous subissiez le tourment de contempler de telles peintures. C'est un peu comme quitter un paradis pour se retrouver soudain dans les entrailles d'un enfer.

Armor, qui avait écouté les dents serrées, dit sourdement :

« Vous avez raison, Glen ; tu as peint ça comme je l'ai imaginé sans le voir, et juste en pensant que ça peut venir ici, je me sens fou et j'ai envie de prendre un fusil et de commencer à tirer avec tout ce qui m'entoure. Je suis content que vous soyez témoin oculaire, car je vais avoir besoin de votre témoignage pour que vous fassiez savoir à certains qu'ils en auront besoin.

« Ici ? Heureusement, vous avez de la chance que ce soit loin.

"C'est ce que tu ne sais pas, Gleen. J'ai quelques choses à te dire à ce sujet, car j'ai le sentiment que des événements assez tragiques arrivent et il est bon d'être prêt à y faire face.

CHAPITRE IV

UNE PROPOSITION ET UN COMBAT

Alvin est allé à Wesley avec l'ingénieur et a demandé une chambre à l'auberge.

Là régnait la tranquillité la plus absolue et la vie n'offrait ni soucis ni chocs.

Lorsqu'ils furent installés, ils se rencontrèrent dans la chambre d'Alvin et l'ingénieur demanda :

« Maintenant, qu'allez-vous faire, monsieur Sekely ? La société m'a ordonné de vous accompagner parce que vous leur aviez assuré que des travaux de vérification pourraient être commencés sur le pâturage de cet éleveur. Après l'accueil que vous nous avez fait, je ne pense pas espérer vous convaincre de l'autoriser.

«Je ne sais pas, mais il m'a lancé un défi au visage et je l'ai relevé. Je lui jure que si le sous-sol de cet espace contient du pétrole, je le noierai lui et son bétail avec des fleuves d'essence.

"Pensez-vous que cela en vaut la peine? Aucun sondage n'a encore été fait ici et on ne sait pas s'il sera trouvé. Vous risquez d'enterrer ici ce que vous avez gagné ailleurs, juste pour le caprice de vous battre avec cet homme, qui me semble trop dur.Pensez simplement que si, après tout, vous échouez et ne pouvez pas démarrer les sondes ou n'ouvrez que des trous secs, vous allez beaucoup vous moquer de vous.

« C'est une loterie dans laquelle nous avons tous les deux la même chance de gagner ou de perdre. S'il m'avait traité différemment, peut-être aurait-il démissionné, mais il a été si superbe qu'il a même osé dire que je ne trouverai ici personne qui veuille tenter ma chance. On pense que parce qu'il prend soin de ses pâturages et de son bétail et qu'il a de l'argent pour ne pas avoir besoin de plus, d'autres mépriseront la possibilité de devenir plus riche que lui du jour au lendemain. Je veux vous montrer que vous vous trompez et j'essaierai ensuite. Autour d'ici, il y a de petits colons établis tout près de leurs terres. Je serai d'accord avec quelqu'un, j'ouvrirai des trous dans leurs terres et si de l'huile sort... de quoi je vais rire quand elle glisse dans les sillons et pénètre dans leurs pâturages, les brûlant et laissant leur bétail transformé en squelettes !

L'ingénieur répondit doucement :

« Si vous êtes prêt à le faire, je ne peux pas l'empêcher, mais il me semble que vous avez très mal évalué le caractère et l'agressivité de cet homme. Je suppose que vous êtes très payé par votre succession et si vous faites ce mouvement, j'ai peur qu'il y ait un gaspillage de plomb fondu.

« J'ai ma part sur le tambour du revolver.

"Très bien, alors vas-y. Ce que je dois vous prévenir, c'est que soit vous me fournissez un moyen de remplir ma mission, soit je retourne à McAlester pour me mettre aux ordres de la Compagnie. Ma présence sur d'autres sites peut être plus utile.

"Très bien. Reposez-vous pour aujourd'hui et demain nous verrons ce qui peut être fait.

Alvin était déterminé à ne pas reculer dans ses efforts pour combattre l'éleveur et le vaincre autant qu'il le pouvait dans l'attaque et donc, après avoir étudié la situation des propriétaires du bassin, il rapporta les noms des deux colons les plus proches de les pâturages d'Armor.

Fort de ces rapports, il fit une inspection des deux propriétés et opta pour celui de Steve Evanston, dont le terrain, situé en légère pente, lui paraissait le plus approprié, car s'il s'entendait avec lui et obtenait du pétrole, il était sûr que les premiers milliers de litres qui se perdaient jusqu'à la mise en bouteille, glissaient le long de la pente du terrain jusqu'à leur entrée chez les bergers d'Armor, précisément dans la partie médiane de la propriété.

Cette possibilité a fait briller les yeux noirs agressifs d'Alvin comme des braises. Il a été piqué par l'orgueil et les menaces de l'éleveur et même par le ton insultant que sa fille avait utilisé avec lui. Cela leur ferait comprendre qu'il n'était pas un ennemi doux, qui pourrait être égratigné sans répondre d'un pied.

Steve travaillait sur sa terre quand Alvin est arrivé. Le colon le regarda de haut en bas avec surprise et se demanda qui était ce type suffisant.

« Que vouliez-vous ? » je demande.

« Je suppose que j'ai le plaisir de parler avec M. Evanston.

« En effet, je suis Evanston.

"Enchanté de vous rencontrer. Pourriez-vous faire attention à moi pendant quelques minutes ?

"Pourquoi pas ? Tu diras ce que tu veux.

"Eh bien, vous verrez, je suis membre de l'encadrement supérieur de l'Oklahoma Oil Company, la société la plus puissante qui contrôle actuellement la plus grande production de pétrole qui jaillit du sol de cet État.

» Mon entreprise va étendre son activité à divers endroits qui n'ont pas encore été exploités, et le plus proche à exploiter est précisément cette zone, car d'après les études menées en secret par nos prestigieux ingénieurs, il y a une certitude absolue que dans ce bassin il y a un énorme et riche dôme de pétrole, dont la capacité à rendre beaucoup de riches du jour au lendemain, qui aujourd'hui, pour vivre équitablement, doivent travailler excessivement toute l'année, en gagnant beaucoup moins. J'ai été mandaté avec l'un de nos ingénieurs pour étudier le terrain et proposer le ou les sites où vous pourrez procéder à l'ouverture des premiers puits d'exploration et comme je suis un homme qui a beaucoup lutté contre la pauvreté pour faire mon chemin et gagner de l'argent, Je me sens enclin à favoriser les plus humbles en ce sens.

« Par exemple. Je pourrais commencer par proposer à son voisin, l'éleveur M. Fuchs, de commencer les travaux sur ses terres ; il y a plus de possibilité d'exploration, suffisamment de puits pourraient y être forés et transformés en une véritable mine d'or basée sur le le pétrole qu'il contient, mais il n'est pas juste de favoriser celui qui a le plus, mais au contraire d'aider le plus faible, car la richesse qu'il doit d'abord se répartir et aider ceux qui en ont le plus besoin.

"Par ici, comme j'ai pu le vérifier, il y a des colons dont les propriétés ne devraient pas leur rapporter grand-chose, dont vous et moi avons décidé de contacter l'un d'entre vous pour leur donner cette opportunité qu'ils méritent, en raison de leur diligence et de leur mauvaise qualité. performances dans leur travail.

» Si cela vous convient, nous pouvons discuter des conditions pour démarrer le scan. Je vous loue une parcelle de votre terrain et vous la paie plus que ce que vous pouvez utiliser en un an. Si par hasard la tentative échouait, vous n'auriez rien perdu. Une fois que vous aurez collecté ce que vous pourriez tirer de l'exploitation de la terre et même plus, le bail serait résilié et vous deviendrez à nouveau propriétaire de votre parcelle et continuerez à la planter comme vous l'avez fait auparavant.

» Vous me dites le montant que vous estimez devoir vous payer et je vous le paie. En dehors de cela, si du pétrole était découvert, la Compagnie se chargerait de l'exploitation, lui réservant vingt pour cent des bénéfices et si elle ne voulait pas de cette participation, un accord serait conclu pour l'acquisition de son terrain. Dans tous les cas, vous feriez un gros profit et si vous ne vouliez rien savoir du pétrole, avec ce que nous vous avons donné pour votre parcelle, vous pourriez en acquérir encore dix fois plus, au Texas ou là où bon vous semble.

»Ceci pour votre plus grande garantie, nous pouvons le traduire en un contrat pour votre tranquillité d'esprit et pour que vous appréciez que nous agissons de bonne foi, car c'est une entreprise qui nous permet à tous de gagner.

Le colon, sans faire aucun commentaire, écouta nerveusement, malgré tout ce qui avait été discuté avec Armor et le reste de ceux qui étaient assis là, la proposition était tentante. Si le pétrole n'était pas trouvé, puisqu'ils lui paieraient d'avance et en plus grande quantité ce qu'il a perdu en ne travaillant pas la terre, il ne perdrait rien, mais au contraire et s'il était vrai que le pétrole survenait, alors son fantasme se mit à voler. , en calculant le montant en milliers de dollars qu'il produirait.

Mais craintivement, il a commenté :

« Vous dites qu'il y a une certitude qu'il y a du pétrole dans cette région ?

« Bien sûr. Sinon, pourquoi risquerions-nous notre travail et notre argent à creuser des puits inutiles ? Vous comprenez que ce serait stupide, il y a des domaines où il y a encore beaucoup à exploiter.

«Oui, mais le fait qu'il y ait du pétrole ici ne veut pas dire qu'il est précisément sous mes champs et qu'il va germer précisément dans le terrain que vous coupez pour le chercher.

« Quand on sait que le pétrole existe et surtout, en quantité, ce qui est à peu près certain, c'est qu'il germera là où il est d'abord pourvu d'une bouche d'expansion. Par exemple, si derrière cette longue berge, il y avait un réservoir d'eau caché, que ferait-il d'ouvrir un trou dans la partie là-bas que dans la partie ici, pour que la source émerge ? L'eau s'écoulerait là où la sortie était prévue.

"Oui, c'est ça, tu as raison.

« Puisque vous l'avez compris, nous pouvons discuter du bail pour qu'il débute immédiatement.

Le colon, s'étouffant de parler, parce que son égoïsme venait d'être bien nourri par les promesses éblouissantes d'Alvin, dit d'une voix rauque :

« Je comprends que ce que vous proposez est très avantageux, mais je me retrouve pieds et poings liés pour l'accepter.

'Pourquoi?

« Parce que moi, ainsi que tous les grands et petits propriétaires de ce bassin, ai signé un document dans lequel nous promettons de ne permettre aucune exploration sur nos terres.

« Hé, qu'est-ce que tu dis ?

« C'est comme ça. M. Fuchs nous a réunis, nous a fait voir les dangers que représente la question du pétrole et les dommages qu'elle pourrait causer à certains, même si elle a profité à d'autres, puisque nous n'allions pas tous avoir la chance de trouver du pétrole sur notre sol et nous avons signé un document nous engageant à ne pas abandonner les terres pour de tels tests, et même à défendre mutuellement que personne n'est venu transformer la terre en un bassin boueux et destructeur de ce que nous avons travaillé si dur pour faire fleurir.

Alvin se mordait la lèvre aux explications du colon, et maintenant il se rappelait pourquoi Fuchs l'avait mis au défi de tenter sa chance avec un autre propriétaire de bassin. Il les avait tous solidement attachés et c'était ce qu'il croyait être sa force.

Et furieux, il commenta :

« Et avez-vous été si stupide ou si naïf que vous avez signé cet engagement ?

« Vous avez raison ; la situation était peinte dans des couleurs si sombres que nous pensions que nous choisissions le moindre mal.

« Par tous les saints ! Comment ce vautour a abusé de sa franchise, M. Evanston. C'est comme si un homme riche savait que derrière un rocher il y avait un trésor et pour que les autres n'en profitent pas, il leur disait : ne le mordez pas et ne le cherchez pas, car la pierre peut tomber sur eux. Que lui importe que vous sortiez de votre quasi pauvreté, s'il a assez d'argent pour bien vivre ? Ce qu'il veut, c'est que personne ne menace les siens et vive sereinement avec ce qu'il a, sans autres complications. Cela ne peut pas être et vous devez rectifier.

"Ce n'est pas possible, nous sommes attachés à notre entreprise. Si l'un de nous ne parvient pas à le faire, les autres ont le droit d'intervenir pour nous empêcher de rompre le pacte. Pour moi, ce serait un engagement pour les autres de me sauter dessus, et envahir ma propriété, m'empêchant non seulement de tenter ma fortune, mais même de me nuire dans ce que cela me cause actuellement.

« Et tu penses que tout le monde pense comme toi ?

« Pas que je pense de cette façon. C'est que je me suis engagé à cela et je suis obligé de l'accomplir.

« Que se passerait-il si quelqu'un de moins scrupuleux ou moins craintif que vous voyait les choses différemment et renonçait à ce pacte ? Vous pouvez vous rétracter et dans ce cas, vous auriez perdu ce que quelqu'un d'autre peut gagner.

« C'est possible, mais sans garanties, je ne peux pas m'exposer au fait qu'il n'y a pas de pétrole sur mes terres et aussi aux représailles de mes collègues pour n'avoir pas respecté l'accord. Vous dites que vous ne vouliez pas proposer cela à M. Fuchs. Pourquoi?

« Je vous le dis déjà ; car ce sont eux qui méritent le moins d'être aidés.

« Et pourtant, avant que tu viennes, tu es venu ici pour m'avertir que je recevrais la visite de quelqu'un pour me faire cette proposition parce qu'il l'avait rejetée. Ceci étant et lui donnant un exemple de formalité, nous autres sommes obligés de l'imiter.

« Avec quoi es-tu venu dire ça ? Fuchs est un menteur et ce qui se passe c'est qu'il est en colère contre moi pour des questions particulières et craint les représailles que je peux prendre avec lui, je répète qu'il est un menteur et que je .. .

Alvin n'a pas fini la phrase. Derrière lui, un jeune garçon, grand, souple, beau et convenablement vêtu, avait émergé, qui avec un accent froid demanda :

« De qui parlait, messieurs ?

Alvin se retourna rapidement et regarda le jeune homme. Il ne le connaissait pas et n'aimait pas qu'un intrus s'immisce dans ses affaires.

« Est-ce quelque chose qui vous intéresse, mon ami ?

« Je ne sais pas, ça dépend à qui tu parles.

« C'est quelque chose que vous ne vous souciez pas, parce que c'est une affaire entre M. Evanston et moi-même.

« Très bien, mais on parle d'un tiers et des déclarations fortes sont faites à son sujet, voulez-vous les répéter ?

Alvin a répondu avec colère:

« Et pourquoi pas ? Je disais que M. Fuchs me déteste pour des raisons particulières et cela l'a conduit à mentir, disant que je lui avais proposé avant tout le monde de chercher du pétrole sur ses terres.

La main fine mais énergique de Gleen agrippa rapidement le revers de la veste bien coupée d'Alvin et le contraire lui tomba brutalement sur la bouche, tandis que le jeune homme à l'accent tranchant, beuglait :

« Répétez cela si vous osez encore, espèce de menteur de cochon.

Alvin, face à l'agression inattendue, a tenté de secouer la pression de cette main de fer, tout en essayant de rendre le coup au garçon jeté, mais celui-ci, qui a dû apprendre dans l'école où il étudiait des éléments de boxe, a échappé avec un drôle de mouvement le direct qu'Alvin lui envoya et il répondit par un autre à l'œil droit, y soulevant une rosette violette avec un gonflement flétri de la partie touchée.

Alvin remua et tendit maintenant la main vers son côté pour prendre le revolver, mais Gleen ne le laissa pas faire. Plus vite que lui, il tira sur l'étui avec l'arme, la jeta et beugla :

« Les hommes qui prétendent l'être le montrent en combattant avec leurs armes naturelles. Allez, défends-toi, je vais te donner une raclée que je vais t'enlever l'envie de recommencer à proférer des mensonges comme ceux que j'ai entendu.

Alvin, aveuglé de rage par les coups reçus et le ridicule qu'il courait, tenta de se débarrasser de son rival, qui se révélait plus dangereux qu'il n'y paraissait de son apparence et se lança aveuglément sur lui, mais agile Gleen, dominant le situation, serein et sans nerfs, il esquivait avec élégance toutes les tentatives d'attaque grossières de son ennemi et utilisant sa belle escrime comme un puncheur, il profitait de toutes les opportunités que lui offrait son adversaire, pour appliquer des coups et des coups qui démoralisaient l'ancien trafiquant et a brisé sa force jusqu'à ce que leurs énergies soient épuisées.

Crachant du sang de sa bouche et de son nez, accusant les marques violettes des doigts durs de son adversaire, il renifla d'angoisse et émettait des grognements inarticulés à chaque fois que la douleur secouait sa chair. Il prenait une terrible raclée, regardant à peine son adversaire deux ou trois fois.

Jusqu'à ce qu'un coup de poing reçu dans la poitrine, il tomba au sol, où il haleta, comme si l'air manquait fatalement de ses poumons.

Le colon, un peu pâle, assista au combat sans intervenir. J'ai été impressionné par la force de Gleen,   ce qui l'avertissait que s'il manquait ses engagements, il pourrait être exposé à quelque chose de similaire.

Gleen, voyant l'ancien trafiquant presque détruit, le regarda rouler d'angoisse sur le sol et prévint :

« C'est un premier avis que vous recevez. Si vous ne me connaissez pas, je vous dirai que je suis le neveu de M. Fuchs et que je sais tout. Vous êtes allé voir mon oncle pour proposer la même chose qu'il est venu proposer ici et vous avez été enragé quand il a refusé et lui a dit que personne n'ouvrirait ses terres même s'il enfermait la valeur de la Banque nationale dans le pétrole .

"Vous avez menacé d'essayer ailleurs et il vous a dit d'essayer de voir si vous pouviez.

Je ne serais entré dans rien si je ne l'avais pas entendu de manière aussi flagrante. Vous êtes venu sur ces terres avec tromperie, où ils étaient déjà prévenus de votre présence possible, mais en raison de votre manque de scrupules, j'ai dû intervenir. Je me demande quelles garanties auraient ces colons s'ils se laissaient séduire par leurs chants de sirènes et acceptaient leurs propositions. L'homme qui est si vil qu'il fait appel à la tromperie pour réaliser ce qu'il se propose de faire, trompe même son ombre dans tous les aspects de la vie.

»Et maintenant, il vaut mieux qu'il disparaisse d'ici s'il ne veut pas que les choses se passent mieux. L'ensemble du bassin s'est engagé à ne pas laisser creuser de puits sur leurs propriétés et ils honoreront leur parole, ou obtiendront ce qu'ils méritent pour leur manque de sérieux. Vous êtes prévenu.

Il fit quelques pas en avant, prit le revolver d'Alvin et le déchargea en le jetant à ses pieds. Puis il ajouta :

« La prochaine fois que vous me croisez, si vous insistez pour rester ici, n'avez pas l'intention de retirer cette chose, car il est facile pour votre main de s'y tenir et vous ne pourrez plus jamais l'utiliser. Je vous conseille vraiment de savoir manier un poulain aussi bien que je peux manier mes poings.

Et se retournant, il disparut pour retourner au ranch, où ils ignoraient sa formidable intervention dans le procès.

CHAPITRE V

ANXIÉTÉ DE COMBAT

Virginia était dans la cour près du pylône lorsque Gleen fit sa réapparition. La jeune femme le regarda un instant et parut remarquer un certain désordre dans la correction impeccable de sa tenue. Sachant à quel point il était prudent dans cet aspect de sa présentation, il a commenté :

« Qu'est-ce que tu as fait pour que tu sois un peu brouillon, Gleen ?

Il regarda ses vêtements et, s'en rendant compte, essaya de corriger les défauts.

«Cela aurait pu être plus, mais heureusement, cela n'a pas dépassé un peu d'inégalité dans les vêtements. J'ai eu une conversation agréable avec ton ami Alvin, sur la terre d'un des colons près de tes pâturages et je n'ai pas pu éviter les petits dégâts.

Elle saisit immédiatement le sens des phrases du garçon et s'écria, alarmée :

« Gleen, tu ne me diras pas que tu es resté avec lui.

"Eh bien, ce n'est pas la phrase correctement. Je ne l'ai pas frappé, parce que je ne l'ai pas autorisé à me frapper, mais à la place je l'ai frappé.

« Pourquoi ? Allons-nous aggraver les choses plus qu'elles ne le sont ?

« Je ne sais pas et je m'en fiche. Ce que je sais, c'est que celui qui dit du mal de ton père devant moi, ou lui attribue des mensonges, celui-là, avale les mots et les dents.

« Comment ? Ce vautour a-t-il osé insulter mon père ?

« Quelque chose de ça. Je disais quand je suis arrivé que ton père était un menteur s'il prétendait qu'il était là le premier pour proposer à mon oncle de chercher du pétrole dans ses pâturages et qu'il essayait d'empêcher les autres de gagner de l'argent parce que il avait trop d'argent. Je l'ai invité à répéter ces mensonges et comme il l'a fait, je lui ai écrasé la gueule d'un coup de poing. Le reste, vous pouvez supposer : il a essayé de se retourner contre moi, mais il est si pauvre de ressources à se battre, aussi riche homme manipulant sa langue dégoûtante et je lui ai donné une raclée que je l'ai laissé allongé par terre et à moitié perdu, pendant quelques jours. J'espère que la leçon convient, mais si ce n'est pas le cas, tant pis pour lui.

Virginia prit les mains de Gleen et dit avec enthousiasme :

"Merci Gleen, tu as toujours été un bon garçon et très reconnaissant envers mon père, qui t'aime comme un fils. Je n'ai rien à te dire d'autre, parce que celui qui aime mon père m'aime et celui que mon père aime, moi aussi. Vous avez bien fait de prendre sa défense de cette façon, car si j'avais été un homme et à votre place, j'aurais fait la même chose.

« Je le crois, toi aussi tu es courageuse et c'est dommage que tu ne sois pas né homme. Eh bien, je veux dire, en regardant les choses du point de vue de ton père. Pour moi, je suis plus heureux d'avoir une cousine jolie et sympathique comme vous, qu'une cousine battante et revêche. Il est plus facile de vous comprendre en tant que femme qu'en tant qu'homme.

« Eh bien, arrêtez la galanterie maintenant. Que croyez vous qu'il va se passer?

« Qu'est-ce que j'en sais, Virginie ? Tout dépend de la réaction de ce type et des personnes qu'il peut mobiliser pour chercher des complications pour nous. Lui seul pourrait peu faire, surtout s'il ne trouve pas de personnes disposées à lui permettre ces tests dont il rêve. de tant.

"Tu as raison. Nous devrons attendre et voir ce qu'il fait après les coups que vous lui avez administrés. J'aurais aimé voir comment il était avec quelle suffisance il venait. Il avait l'air d'un pur pou, lui qui a toujours habillé comme un pion aisé, meilleur ou pire.

— Tu peux le comprendre, Virginie. Au moins, je peux vous assurer qu'avec la tenue qu'il portait, il lui serait difficile de se présenter à une réunion.

Elle rit de l'événement et Gleen se joignit à son rire, étant surprise dans ces manifestations de joie par Armor, qui venait d'apparaître au ranch.

Satisfait de la bonne humeur du couple, il est allé de l'avant en demandant :

« Reste-t-il quelque chose pour que je puisse aussi participer à la fête ?

Virginie s'avança en disant :

« Je pense qu'il te reste encore beaucoup de choses, papa. On se moquait d'Alvin.

‹ D'Alvin ?

"Oui, surtout, à propos de son tout nouveau costume après le passage à tabac que Gleen lui a administré récemment.

"Comment ? Qu'as-tu fait avec Alvin ?

« Que j'ai frappé Alvin, mec. Je l'ai surpris en l'insultant et en racontant des mensonges sur vous et il n'a pas osé les répéter devant moi, car j'ai fermé sa bouche avec mes poings.

À la demande pressante de l'éleveur, il lui a parlé de l'incident et Armor a commenté :

"Je vous remercie pour cette intervention courageuse, non seulement comme une démonstration de ce qui l'attend s'il persiste à me faire la guerre, mais aussi pour quel exemple et quelle menace cela peut représenter pour ceux qui se laissent vaincre par la tentation, si ce vautour insiste sur Siren chante. Notre succès repose sur le respect par chacun d'entre eux de l'accord et il est bon qu'ils sachent qu'ayant été les premiers à rejeter l'offre, ils ont le droit d'exiger que les autres se conforment comme moi. De toute façon, je ne me sens pas calme. Alvin est une mauvaise créature et s'il se convainc que lui seul ne peut rien faire, je crains ce qu'il est capable de faire par vengeance. Dans des situations aussi anormales que celles-ci, les aventuriers et sans scrupules ne manquent pas qui pour une poignée de dollars sont capables des plus grandes atrocités. Il faudra mettre en place une surveillance sévère autour de l'ensemble du bassin, pour éviter les chocs imprévus. Ils ne pourront peut-être pas chercher du pétrole sur nos terres, mais ils peuvent produire des attaques et causer de graves dommages à ceux qui refusent de soutenir leurs projets et si cela se produit, avec quelle force morale peuvent-ils être soumis et contraints de subir des dommages pour avoir soutenu eux? Une attitude que, si je la considère bénéfique pour tout le monde, tout le monde ne peut-il pas continuer à croire que c'est la meilleure, surtout s'il risque de subir de lourdes pertes ? avec quelle force morale peuvent-ils être soumis et contraints de subir des dommages pour les avoir soutenus ? Une attitude que, si je la considère bénéfique pour tout le monde, tout le monde ne peut-il pas continuer à croire que c'est la meilleure, surtout s'il risque de subir de lourdes pertes ? avec quelle force morale peuvent-ils être soumis et contraints de subir des dommages pour les avoir soutenus ? Une attitude que, si je la considère bénéfique pour tout le monde, tout le monde ne peut-il pas continuer à croire que c'est la meilleure, surtout s'il risque de subir de lourdes pertes ?

« Nous allons regarder, mec. Justement je n'ai rien à faire pendant ce mois de vacances et cela me servira de divertissement, pendant que je monte à cheval et respire l'air frais dont j'ai besoin.

Virginie protesta :

— Non, tu ne portes pas de chemise à onze tiges, Gleen.

"Pourquoi pas?

« Parce que si quelque chose vous arrivait, vous rendez-vous compte de la responsabilité que ce serait pour nous ? Vous avez une mère à surveiller et vous le lui devez.

— Bien, mais je le dois aussi à ton père. Que serait-il arrivé à ma mère et à moi sans l'aide généreuse et désintéressée qu'il nous a apportée et surtout, à moi, que si bientôt je voyais mes rêves d'être quelque chose dans la vie se réaliser, je ne le devrai qu'à lui seul ? Mon père n'aurait pas fait plus pour moi et je serais ingrat s'il n'essayait pas de payer cette protection avec la seule chose que je puisse me permettre.

« Nous avons des hommes à notre service qui peuvent mener à bien cette mission.

«Je n'en doute pas, mais quand il s'agit d'exposer quelque chose, je suis plus obligé qu'eux. Ils facturent un salaire pour travailler et ne sont pas soumis à plus d'excès, je ne fais rien d'autre que pour moi-même et ils me paient. Nous n'allons pas en discuter parce que tu ne me convainrais pas, Virginia.

L'éleveur, ravi des paroles de Gleen, de sa ferme détermination et de son courage, répondit :

« Nous allons étudier cela, Gleen. Nous pouvons tous faire quelque chose d'utile et cela dépendra des circonstances.

Pendant ce temps, dans les terres d'Evanston, il avait essayé d'aider Alvin, le soulevant et le conduisant jusqu'à un ruisseau, où il pouvait se laver le visage, le nettoyant de son sang, mais ce n'était que de peu de soulagement. Il était endolori, meurtri, plein de bleus et de blessures, et ses vêtements étaient à moitié déchirés. Très mauvaise présentation pour être exposé en public comme ça.

Mais il ne pouvait pas rester là. Il avait besoin d'un long repos au lit, car sa tête lui tournait et il ressentait une terrible angoisse.

D'une voix rauque, il dit au colon :

«Cela va être le prologue de beaucoup de choses et très tragiques, qui vont se passer ici. Ils ont gagné le premier tour, mais le dernier sera le mien et tous ceux qui sont du côté de Fuchs devront le regretter. Pour l'instant, la victoire est à vous, mais nous en reparlerons plus tard. Quant à vous, pensez-y pendant qu'il est temps. Ils m'ont jeté dans le combat et il y aura un combat jusqu'à ce que l'un des deux partis soit vaincu. Si, lorsque vous êtes prêt à revenir, vous décidez de rompre cet engagement et d'appuyer mes plans, vous serez peut-être le seul à gagner, sinon, vous serez un de plus à en subir les conséquences.

Comme c'était possible, il monta sur son cheval et, à pas lents, se dirigea vers le village. Il avait rabattu le bord de son chapeau sur ses yeux pour cacher au mieux son œil terriblement gonflé et quelques autres blessures au visage.

Il alla directement dans sa chambre et se mit au lit, où il souffrit les douleurs de l'enfer en proie aux douleurs qui le tourmentaient.

Au crépuscule, l'ingénieur qui avait exploré les environs de la ville arriva pour se faire une idée de ce que cette partie de l'État pouvait se donner comme bassin pétrolier. L'anarchie qui régnait dans d'autres régions et qui faisait perdre beaucoup de pétrole en raison du manque de prévoyance d'avoir des lieux adéquats à l'avance pour au moins l'endiguer jusqu'à son conditionnement, l'a incité à étudier les possibilités d'y éviter cette perte. , en indiquant les endroits où il pourrait être improvisé des radeaux de collecte, si l'or noir pouvait être trouvé entre les rives des deux rivières.

La surprise de Kaplan a été grande lorsqu'il a découvert Alvin au lit, avec un œil enflé et d'innombrables blessures au visage.

« Que vous est-il arrivé, monsieur Sekely ? "Je demande.

Tremblant de rage et un peu gêné par les aveux, il dut faire le récit de son combat avec Gleen bien qu'il tenta de le déformer en déclarant qu'il avait été attaqué par surprise alors qu'il ne s'y attendait pas.

L'ingénieur a commenté :

« Je t'avais déjà prévenu que cet homme me paraissait trop dur et aussi qu'il n'est pas stupide. Si vous avez engagé tous les propriétaires de l'espace à ne pas autoriser les explorations et avez également des hommes pour les intimider et les forcer à se conformer à l'accord, peu ou rien ne peut être fait ici. Pourquoi ne partons-nous pas ou n'essayons-nous pas cela dans des endroits plus favorables ?

«Parce que j'ai déjà posé une question d'estime de soi pour me battre avec ce gars jusqu'à ce qu'il soit à terre. S'il a le pouvoir, je lui montrerai que je peux aussi en mobiliser un autre similaire et on verra qui gagnera la bataille. Comme la situation a été, ma vanité est prête à tout sacrifier pour gagner le combat et je donnerais tout le bénéfice que le pétrole pourrait m'apporter pour le découvrir ici et ruiner ce type. J'ai une participation dans plusieurs puits découverts récemment et je vais entrer en contact avec la Société afin qu'elle puisse m'acheter cette participation et m'en donner le montant. J'utiliserai tout cela pour agir dans ce domaine, jusqu'à ce que j'utilise le dernier dollar ou que je me batte avec acharnement.

"Très bien, c'est quelque chose qui, puisque cela ne dépend que de vous, je ne peux pas y intervenir. Ma mission ici pour le moment est terminée et je vais à McAlester demain. S'il fallait encore revenir, vous me donnerez l'ordre, car pour l'instant je ne pense pas que vous puissiez résoudre quoi que ce soit, et vous devrez même rester au lit quelques jours jusqu'à ce que vous soyez prêt à ressortir. De toute façon, je ne sais pas ce que vous pouvez faire si tout le monde refuse de vous laisser creuser des puits.

« Je les ouvrirai là où se termine la propriété de ces gens ou j'enverrai une légion d'aventuriers pour les ouvrir. La procédure m'importe peu, tant que j'accomplis ce que je me propose de faire. En tout cas, j'ai conçu un demi-projet qui, s'il fonctionne, ce sera peut-être un coup d'ombre contre Fuchs.

« Peut-on le savoir si ce n'est pas un secret ?

«Pour vous, ce n'est pas le cas, car vous êtes aussi intéressé que moi par le fait que plus il y a de pétrole, mieux c'est. Mon idée est une : si à cause de l'engagement personne n'ose le manquer, par contre il peut y avoir quelqu'un qui s'il achète son bien à bon prix, personne ne pourra l'empêcher de le vendre. Tant que je n'en trouve qu'un prêt à me le vendre, j'en aurai assez pour le test.

« Oui, c'est une demi-solution, car si le pétrole n'est pas trouvé, pourquoi voulez-vous cette terre ?

« Je le revendrais, même si j'y perdais de l'argent. Il y aurait quelqu'un qui, ayant l'assurance que cela ne serait pas menacé, l'acquerrait pour continuer à le cultiver. Vous savez que tout le monde n'a pas un penchant pour le pétrole.

"D'accord. Tu fais ce que tu veux avec ton argent, mais réfléchis-y. Il va se lancer dans un combat dans lequel il pourrait perdre ce qu'il a gagné au prix de l'exposition et du travail et peut aussi perdre du temps et avec ça, opportunités de continuer à exploiter la chance qui l'a accompagné jusqu'à présent en tant que chat sauvage.

« S'il est vrai que la chance est avec moi, la même chose peut m'accompagner ici. Vous n'ignorez pas qu'il s'agit d'un pari où l'on risque tout aveuglément. Cela étant, quelle différence cela fait-il à un endroit qu'à un autre ? Mais gardez à l'esprit que si je vous atteignais ici où personne n'est encore venu explorer, dès que le premier puits a sorti un peu de pétrole, ma chance serait complètement jetée car je devancerais tout le monde et louerais tout le terrain à la Société. . Vous n'ignorez pas ce qui s'est passé dans l'est du Texas. Il y a eu de nombreuses années où les géologues affirmaient qu'il y avait du pétrole là-bas mais que personne ne pouvait le trouver. Plusieurs sociétés se sont jointes, ont dépensé des millions inutilement et enfin, il n'y a pas si longtemps, un humble fauve qui a risqué son argent en forant des puits, dont deux à sec, alors qu'il dépensait son dernier dollar pour ouvrir le troisième, .

"C'est vrai, mais qu'en est-il de ceux qui ont utilisé ce qu'ils avaient et l'ont perdu sans faire de profit ?

« Nous revenons à la chance. Si je l'ai tel qu'il a été montré jusqu'à présent, je ne veux pas le bouleverser. Qu'elle me suive où je l'emmène, c'est son obligation

"Parfaitement. Après ce qui a été dit, je n'ai plus rien à dire, sinon que c'est une chose de lutter seul contre l'inconnu de ce que la terre garde dans ses entrailles et une autre de lutter contre la volonté armée de beaucoup d'hommes, prêts à C'est une double chance de courir et c'est peut-être beaucoup demander à cette chance qui l'a accompagné jusqu'à présent.

"On verra. Rien n'a été écrit sur les lâches et je ne le suis pas, même si d'après les traces il semble que je me laisse submerger par n'importe qui. Ces coups je reviendrai à la pelle et pour certains ils seront plus douloureux.

« Donc, si vous voulez quelque chose pour McAlester, faites-le moi savoir.

"Oui; parlez à M. Qualen et demandez-lui d'étudier le montant qu'ils peuvent me donner pour ma participation aux puits découverts par moi. Dites-lui de le prix le plus haut possible, car c'est de l'argent que je vais utiliser dans le même et que si je suis riche, ce qu'il découvrira sera offert à la Compagnie et à aucune autre. Gardez à l'esprit que si le pétrole sort ici où la concurrence n'est pas venue, les affaires peuvent être bonnes pour Oklahoma Oil Company.

"Ne vous inquiétez pas, je vais vous le dire.

« Je ne pense pas avoir besoin de vous parler des incidents qui se sont produits. C'est un sujet particulier qui m'appartient en dehors de l'entreprise, qui ne peut pas avoir d'impact sur l'entreprise. Et dans une semaine, j'espère y retourner pour finaliser notre accord et revenir à cet endroit pour recommencer la bataille.

Le lendemain, l'ingénieur quitta Wesley pour retourner dans les bureaux de la Compagnie pour rendre compte de sa mission et présenter ce qu'Alvin lui avait commandé de faire.

L'ingénieur était moins optimiste que l'ancien dealer et avait le sentiment qu'Alvin, par orgueil incompris depuis le début, allait se jeter dans un nid de frelons qui pourrait être sa ruine morale et matérielle.

Mais malgré cela, j'admirais son courage et sa détermination. Le pétrole, comme l'or, s'est avéré être une affaire d'audace et de force, où les plus durs et les plus risqués avaient un grand avantage à gagner. En ce sens, le fauve avait le culot et le grain de faire face à une situation aussi épineuse que celle-là.

CHAPITRE VI

L'AMOUR DE DIFFÉRENTS PLANS

Près de deux semaines se sont écoulées sans qu'Alvin ne montre à nouveau des signes de vie, et rien de notable ne s'est produit.

Mais comme Fuchs ne faisait pas confiance à Alvin, il avait monté une garde spéciale, qui parcourrait la prairie à la recherche de tout mouvement suspect qui pourrait se produire.

Pendant ce temps, Gleen, qui n'avait besoin que d'oublier les livres pendant un moment et de respirer de l'air frais en faisant de l'exercice à l'extérieur, se remettait de sa petite faiblesse et devenait plus fort et plus fougueux.

Pour distraire l'ennui, il montait souvent à cheval avec Virginia. Gleen était très attirée par elle, même si elle prenait soin de ne pas sortir des limites normales que lui imposait sa situation particulière vis-à-vis de son oncle et protecteur.

Il lui devait tout, il lui manquait tout, et il ne pouvait qu'espérer être un jour un avocat prestigieux et gagner de l'argent, mais c'était encore loin.

Virginia, elle aussi, avait de l'affection pour le garçon. Il avait eu de nombreuses occasions de toucher ses différentes fibres sensibles et il avait bon goût, studieux, avec un noble désir de se frayer un chemin dans la vie et cela couplé au fait qu'il était agréable dans les relations, spirituel dans la conversation et, en outre, un bon gentil de l'homme. , a grandement influencé cette attraction.

L'un des matins où ils se promenaient dans la prairie solitaire, Gleen commenta :

« Cela semble s'être calmé, mais je n'ai pas beaucoup confiance. Je soupçonne que tout cela est dû au fait que j'ai laissé ce crapaud rester caché dans un trou pendant plusieurs jours et qu'il n'attend que d'être en mesure de sortir son aiguillon au soleil. Je sentirais que tout cela a explosé quand j'ai été obligé de retourner à mes études.

"Pourquoi?

«Parce que j'aimerais participer au chahut. C'est quelque chose qui ne vient pas facilement à un pauvre étudiant en droit.

« Vous vous battez avec le Code en main et je ne sais pas si vous êtes plus redoutable avec cette arme qu'avec un colt .45.

— Il n'y a pas d'exagération, Virginie. Nous défendons le droit de ceux qui sont attaqués non pas avec des armes à feu ou des armes tranchantes, mais avec de mauvaises astuces qui ne peuvent être contrecarrées qu'avec l'application et l'interprétation de la loi.

« Ne me dites pas que tout ce que vous défendez est toujours juste. Existe-t-il une personne supérieure à un avocat, capable de vouloir montrer que le blanc est noir ?

« Eh bien, ce n'est peut-être pas tout blanc, mais ce n'est pas non plus complètement noir. Tout au plus peut-on nous reprocher de mettre davantage en valeur la part de couleur que nous avons intérêt à défendre.

— Je n'aime pas les avocats, Gleen.

"Nous ne sommes pas tous laids" dit-il avec intention", certains sont même beaux et élégants.

« Ne vous rabaissez pas, car je ne serai pas celui qui officiera dans cette affaire en tant qu'avocat, en mettant en avant la partie de couleur qui vous convient le mieux.

« Vous vous trompez et je suis désolé, car quel meilleur avocat pourrais-je trouver pour mes pauvres procès ?

« Je ne parlais pas du type, mais de la profession.

« Il doit y avoir tout au monde, Virginia.

« Pourquoi et pour quoi ? Il y a des tigres et des lions et des serpents venimeux, voulez-vous me dire à quel point ils sont utiles à l'humanité ?

« Dans un zoo, ils sont toujours un spectacle exotique et distrait pour les yeux.

« Dans ce cas, qu'ils mettent aussi les avocats en cage pour qu'on puisse les voir comme de la vermine réduite à l'impuissance.

« Tu es terrible, Virginie.

"Je dis ce que je pense. Je ne sais pas pourquoi mon père quand il a décidé de t'aider, ne t'a pas amené au ranch et t'a imposé dans ses tâches comme c'était logique. Tu aurais appris à comprendre cela, à le défendre et de se battre pour elle avec son courage.

« Est-ce que j'ai l'intention de faire autre chose que de me battre pour cela ?

« Non, tu te battrais pour mon père et pour moi, ce qui n'est pas la même chose.

« Pour vous et votre ferme, d'où j'ai extrait ce que je ne méritais pas, afin de poursuivre mes études. Ne dis pas des choses qui me blessent.

« Vous ne me comprenez pas. Je voulais dire qu'ici vous auriez été utile à vous-même et utile à mon père.

« S'il me l'avait demandé, j'aurais adoré, mais ton père en sait assez pour défendre ta propriété et il ne l'aurait pas fait. S'il m'avait amené ici, j'aurais tout appris sur le bétail, mais logiquement, qu'aurais-je gagné dans ma position, quelle que soit sa hauteur ? Un salaire décent rien de plus, car tout ce qui m'aurait donné plus, ce serait gracieux d'être son neveu, mais pas pour mon poste. En revanche, en tant qu'avocat, vous gagnez beaucoup d'argent si vous montrez que vous connaissez votre métier et que vous êtes prêt à défendre des causes difficiles. Les grandes entreprises, qui ont toujours tendance à avoir des conflits majeurs, recherchent avec intérêt quelqu'un qui se démarque à cet égard et j'aspire à être un jour avocat pour l'une des entreprises les plus prestigieuses. Quand ça arrivera, tu verras si je vais faire fortune en un rien de temps.

« Je serai très heureux pour vous. Puisque vous vous êtes engagé dans cette voie, mon souhait est que vous ayez un palais en Oklahoma.

« Quand je l'aurai, je t'inviterai à venir l'habiter.

« Pensez-vous que je serve à bien paraître dans la bonne société ?

«Vous servez à surpasser les femmes les plus jolies et les plus distinguées qui peuvent apparaître n'importe où.

"Ce n'est pas avec les yeux que tu me regardes ?

« Les yeux avec lesquels je te regarde en diraient bien plus, à tel point qu'il n'y aurait pas de mots pour le traduire.

« Arrêtez le rapport, monsieur l'Avocat, il est déréglé.

« Non, parce que je défends un procès qui pourrait m'affecter.

« Oui ? Dans quel sens ?

Il, après un moment d'hésitation, répondit :

"Ecoute, Virginie. Si je terminais mes études l'année prochaine, si je prouvais rapidement que je vaux plus que beaucoup et réussissais à être embauché par une grande entreprise qui me donnait un salaire fabuleux et un statut social enviable, auriez-vous un problème en étant l'épouse de ce prestigieux avocat ?

Elle hésita aussi avant de répondre et finit par dire :

« Je ne l'accepterais pas.

« Pourquoi ? demanda-t-il douloureusement. Pour moi ou pour ma carrière ?

"Pour ta carrière.

« Que pouvez-vous lui opposer dans les conditions que je vous ai expliquées ?

« Je n'ai qu'à m'opposer à une chose. Un magnifique ranch dont je serai l'héritier et dans celui-ci, une maison que j'aime à outrance.

"Mais, te rends-tu compte que tu es une jeune fille belle, séduisante et élégante et qu'ici tu te consumes dans une cage très grande et très ouverte, mais une cage enfin, sans distractions, sans société, sans ces joies qu'offre le monde et que pour une femme comme vous, ils doivent être la plus grande attraction ?

« C'est possible, mais cela a aussi ses charmes. J'aime monter à cheval, parcourir le paysage, respirer l'air pur de la prairie ou des pâturages et me sentir propriétaire de la cage dont tu parles, sans que personne n'y entre si je ne veux pas et sans les conventions et les tyrannies de la vie en société.

« Si j'acceptais de vous épouser dans ces conditions, avez-vous pensé au genre de vie que je serais obligé de mener ? Elle serait l'épouse du grand avocat, qui n'aurait le temps que s'il s'agissait de lui, pour ses procès Il passerait la journée d'un endroit à l'autre, à chercher des papiers, des données, des preuves, à prendre des dépositions, à défendre des procès et les nuits, il lui faudrait voler de nombreuses heures de sommeil pour préparer ses rapports, ses défenses, se souvenir de tel ou tel articles du Code, les interpréter, les tordre, les apprivoiser à sa manière et il finirait par se coucher fatigué, épuisé tard dans la nuit, pour se lever tôt et recommencer la même chose.

» Si nous avions des enfants, vous les verriez au passage, un baiser et les retirer d'ici, ils me dérangent, ils ne me laissent pas travailler, je dois préparer ce reportage pour demain. Il vaudrait mieux les envoyer dans un pensionnat, où ils deviennent des hommes pour demain, des hommes machines comme leur père pour gagner de l'argent et ne pas pouvoir en profiter, à leur gré et même ne pas pouvoir consacrer plus que de petites et des moments fugaces à leur femme et cela parfois, sacrifiant un travail urgent ou quelque chose de similaire.

Non, Glen. En tant qu'homme je t'apprécie beaucoup, je pense que tu serais un mari idéal, mais en tant qu'avocat je te déteste et je ne veux rien savoir de ces plans ambitieux qui feraient de toi un automate et moi un martyr .

« Je veux un homme d'une liberté absolue, ici dans ces pâturages, à cheval, les courant au galop, s'occupant du travail de ses ouvriers, le dirigeant, tout ce qu'on veut, mais libre de ses mouvements, car tout cela n'empêcherait pas moi d'être à portée de main. côté constamment, car pour cela il y a plus de chevaux à monter à vos côtés.

Et puis, quand le soleil se couchait, quand l'après-midi mourait, le bétail se reposait et n'avait besoin ni de votre vigilance ni de votre effort, alors la paix sédative du ranch, le dîner à heures fixes, sans frayeurs ni précipitation, sans rapports urgents que tout soit écrasé et s'il y avait des enfants, plus qu'assez de temps pour s'occuper d'eux, les caresser, jouer avec eux et les mettre au lit en les berçant doucement jusqu'à ce qu'ils s'endorment.

» Vous rendez-vous compte de ce que cela signifie pour une femme qui ne veut pas d'argent parce qu'elle en a et qui, par contre, voudrait un amour sans restriction, avoir l'homme aimé à ses côtés à tout moment et savoir qu'elle est heureuse, agile , fort, sans soucis, sans se consumer les yeux sous la lumière de la lampe jusqu'à l'aube en interprétant les articles du Code au profit d'autrui ?

Non, Glen, non. J'interprète l'amour et le mariage de cette façon et je ne l'admettrai pas autrement. Je vous préviens pour que vous ne vous fassiez pas d'illusions très logiques sur le changement que vous avez entrepris, mais très différent de celui que je conduis.

Gleen, qui s'était tendu en l'entendant, s'écria :

« Virginia, vous rendez-vous compte de ce que ce serait de dire à votre père que j'abandonnais ma carrière après le sacrifice et les dépenses qu'il a fait pour que je la termine ? S'il avait même l'argent qu'il a dépensé pour moi pour le rembourser, il n'y aurait pas de mal, mais de cette façon ...

« Je ne vous demande pas de jeter votre avenir par la fenêtre, Gleen ; Vous m'avez donc fait une proposition catégorique et je me suis empressé de vous exposer mon point de vue sur la question. Comme il n'y a rien à redire, vous pouvez donc avoir une idée de ce qui se passerait si vous preniez cette idée au sérieux.

« Tu penses qu'il n'était pas sérieux ?

« C'est une chose pour toi de le penser et une autre pour toi d'être sérieux. Tu as un avenir devant toi presque à portée de main et ce n'est pas ta carrière que tu dois sacrifier une femme, mais au contraire, même pas ça, car je suis sûr qu'il y en aura beaucoup qui penseront différemment de moi et pour eux, c'est le comble du bonheur. Lorsque vous aurez réalisé votre rêve, vous ne manquerez pas de la femme qui s'harmonise avec votre bureau, avec vos baskets brodées et avec votre robe de soirée lorsque sera célébré le deuxième centenaire de la proclamation de notre indépendance.

« Ne sois pas sarcastique, Virginie.

"N'est-ce pas, est-ce que je veux réduire le drame à cette situation un peu idiote.

« Vous allez dire un peu cruel. J'ai toujours nourri l'idée de pouvoir capturer votre amour, si vous le vouliez et que votre père l'acceptait. Comprenez que je n'aurais pas le droit de simplement faire semblant de vous, surtout ce que votre père a fait pour moi. Ce serait autant supposer que j'avais l'intention de gagner le saint et l'aumône.

« Je comprends vos scrupules et vos vues ; J'espère que vous comprendrez le mien à votre tour.

"C'est tellement difficile pour moi de les comprendre...

"Bien sûr, parce qu'en tant que futur bon avocat, vous voulez régler le litige en votre faveur, sans tenir compte des raisons de l'autre partie.

« Non, Virginie, Dieu sait que ce n'est pas à cause de ça, mais parce que je t'aime et pour moi, ce serait un échec spirituel de perdre la possibilité de cet amour, non pas parce qu'il y a quelque chose dans ma personne en tant qu'homme qui me répudie, mais à cause de ces préjugés les prétentions sociales que vous revendiquez.

« Les préjugés de la vie, Glen. Je t'ai peint une situation telle que je l'imagine et si tu étais une femme, tu penserais comme je pense.

« C'est toujours exagéré.

« Parfois pour et parfois contre. Peut-être que la réalité montrerait que j'avais échoué à dessiner ce panorama.

«J'essaierais de ne pas le rendre aussi sombre que vous l'imaginez.

« Peut-être au prix de sacrifices de votre part et de ne pas accomplir votre travail avec l'intensité nécessaire. Tu souffrirais beaucoup devant une telle alternative et je ne suis pas si égoïste que pour satisfaire mes goûts, j'essaye de faire plier n'importe qui pour sacrifier ses besoins.

« Je vois que tu es irréductible.

« Qui sait si vous pouvez changer.

« Qui sait si vous pouvez vous changer vous-même.

« Je t'ai donné une raison qui m'enchaîne.

« Eh bien, traînez cette chaîne ou brisez-la si vous le pouvez. Je pense que nous devrions laisser tomber le sujet, Gleen.

"Si c'est votre goût...

« Ce n'est pas du goût, c'est une nécessité et un bien pour nous deux. Pourquoi se tourmenter en retournant des problèmes insolubles ? Vous avez un bel avenir devant vous et vous ne manquerez pas de femmes dignes. Peut-être que la fille d'un magnat du pétrole ou de la banque tombe amoureuse de vous et qu'un jour nous vous voyons comme un sénateur ou autre chose.

"Ne vous moquez pas. Je n'ai aucune ambition de comparaître.

« Vous êtes obligé de les avoir dans cette sphère. Comme vous ne les aurez pas, il serait mis dans ces pâturages, en prenant soin d'un tas. Je peux trouver un homme sinon le même, quelque chose de similaire, qui en échange de ne pas pouvoir me donner certaines choses, il m'en donne d'autres qui sont plus proches de ce que je veux.

« C'est que je ne me fais pas penser qu'un jour tu pourrais être dans les bras d'un autre homme.

Et toi d'une autre femme ?

« Je n'aspire qu'à l'un des tiens.

« Ils sont aussi enchaînés, Gleen. Ils ne pouvaient pas vous accueillir comme vous le souhaitiez.

« Oh, tu es cruel !

« Je suis sincère, pourquoi devrais-je te tromper ?

Le dialogue sinistre a été soudainement coupé. Ils avaient atteint le ranch et Armour, qui revenait des pâturages, leur coupait le chemin.

L'éleveur les accueillit avec plaisir :

"Salut les gars, vous allez vous promener?

« Oui papa. Nous avons fait notre tour de regarder ; Silence sur tous les fronts, M. Fuchs.

« Baissez votre main, sergent » dit Armor, observant le geste militaire de la jeune fille, portant sa jolie main à sa tempe dans un salut réglementaire comique.

« À vos ordres, mon capitaine.

« Nous n'avons rien observé d'anormal non plus. Je ne peux pas expliquer le silence d'Alvin.

"Peut-être qu'un jour il criera pour se venger de tout le temps qu'il a été inactif.

"C'est possible. En tout cas, j'ai fait le tour du bassin à quelques reprises et j'ai parlé avec les colons et les éleveurs, mais plus personne n'a reçu de visites de cette nature.

"Eh bien" répondit Gleen, "je pense qu'il vaut mieux attendre et voir où elle respire. Si quelque chose devait arriver, je serais content que ça explose bientôt, car je serais désolé de partir et que ma pauvre aide serait nécessaire.

« Il vaut mieux que ce soit ainsi, Gleen. Cela pourrait vous toucher quelque chose dont vous n'avez pas besoin et gâcher votre avenir. Je ne veux pas de responsabilités envers ta mère et je pense même que maintenant que tu t'es un peu remis, tu devrais aller la voir.

« Je ne le ferai pas, car cela vous ferait peur. Il ne sait pas que je profite de ces vacances et il croit que j'étudie. Quand viendront les vacances d'été, qui ne seront pas longues, alors j'irai la voir et il n'y aura pas besoin de la remuer. Ma mère ne croirait pas que je suis déjà bien et vivrait tourmentée par le soupçon que j'ai un mal intérieur. Je la connais très bien et je sais ce qu'elle en penserait.

"En cela, je ne vous force pas à faire ce que vous ne considérez pas approprié.

Et tous trois pénétrèrent dans le ranch, sans qu'Armor puisse se douter de l'agitation qui engloutissait les deux jeunes hommes.

CHAPITRE VII

UNE ASTUCE RÉUSSIE

Soudain, le premier nuage chargé de pierres surgit au-dessus du calme. L'un des colons, tout près du ranch de Fuchs, est venu à Fuchs pour lui parler.

L'éleveur devina que quelque chose de grave commençait à flotter dans l'atmosphère et le fixant, il demanda :

« Que vouliez-vous, monsieur Long ?

« Dites-vous simplement quelque chose que je trouve très intéressant. Moi, comme tout le monde, j'ai promis de ne pas laisser creuser de puits sur ma propriété pour chercher du pétrole et je comprends que lorsqu'un homme s'engage dans une chose, il doit l'accomplir.

« Je suis heureux que vous le pensiez, monsieur Long.

« Je pense comme ça, mais entre la pensée et la réalité, il y a un gouffre.

"Que veux-tu dire?

« Vous savez que vous vous faites pression les uns sur les autres, à la recherche du point faible à partir duquel arriver à cette possibilité de chercher du pétrole ici. Il faut supposer que les indications qu'ils ont sur lui sont bien sûres pour démontrer cet intérêt à le faire germer ici précisément.

« Il faudrait en parler.

« Peut-être, mais il y a des réalités plus immédiates. Une proposition et une menace m'ont été faites. La proposition est d'acheter ma propriété à un prix trois fois plus élevé que le prix naturel. Si je n'accepte pas, je suis menacé d'une série de sabotages et de représailles intenses, jusqu'à ce qu'ils réalisent ce qu'ils ont proposé.

» Et vous devez comprendre que quelqu'un qui est relativement pauvre, puisque ma propriété est modeste, ne peut pas s'exposer un jour à brûler mes récoltes ou à empoisonner mes terres pour qu'ils ne produisent pas et qui sait s'ils pourraient même me traquer pour me tirer dessus deux fois . son dos et me supprimer comme un obstacle à ses ambitions.

« Pour autant que nous le sachions, l'histoire de la découverte de pétrole est une deuxième édition de la découverte d'or. Les passions se déchaînent, l'égoïsme explose et tous les moyens sont bons pour atteindre les objectifs.

Et c'est mon dilemme. Je ne suis pas capable de rompre mon engagement, mais je ne veux pas être ruiné ou écarté. Pour cette raison, le moyen le plus pratique de remplir mon engagement et d'éviter tout préjudice est d'accepter l'offre d'achat qu'ils me font et d'aller d'ici à un autre endroit,

» J'ai promis de ne pas laisser creuser de puits dans mes champs, mais je n'ai pas promis de ne pas vendre ma propriété s'ils me paient bien et que je vais la vendre.

»Mais avant cela j'ai cru devoir vous informer de la situation afin que vous soyez préparé. Vous avez mené une lutte avec des éléments que vous n'avez peut-être pas bien calibrés et peut-être avez-vous la force d'accepter cette lutte. Je ne les ai pas et je me retire avant d'être victime de cette lutte.

Fuchs, qui avait écouté les dents serrées, dit durement :

« Long, pourquoi es-tu si lâche ?

«Ce sera parce que je suis né comme ça. Je ne suis pas un lâche, mais je ne suis pas non plus un chien de chasse. Un dommage sort toujours de chaque combat et peut être subi lorsque ce dommage possible est inférieur à la compensation, mais quand ce n'est pas le cas, il est insensé de se battre, d'exposer et de perdre. S'ils me donnent trois fois la valeur de mes terres, j'évite les luttes, les dangers et les pertes. Je peux m'installer dans un endroit plus calme et vivre mieux. Que trouvent-ils de l'huile ? Eh bien pour eux. Quel échec ? Eh bien, attendez, puisqu'ils le voulaient comme ça. J'aurai sauvé ce qui m'appartient et personne ne pourra m'accuser d'être un traître ou un imbécile. Et c'est ce que je suis venu vous dire. Ils se sont arrangés pour revenir dans deux jours avec l'argent et l'acte pour prendre possession de ma terre. Comme vendu ils ne sont plus à moi, je ne romps pas le pacte, s'il manque quelqu'un,

Fuchs rugissait. Il comprenait les raisons du colon et ne savait pas comment sortir pour combler cette terrible lacune.

Parce qu'il pouvait, en faisant un sacrifice, acheter sa propriété du colon au prix qu'Alvin lui avait payé, car il était sûr que c'était Alvin avec l'argent de la société d'exploitation derrière lui qui faisait cette offre, mais qu'allait-il se débrouiller pour arrêter ce coup et utiliser l'argent de cette terre qui ne lui était d'aucune utilité, s'il y avait neuf autres propriétaires dans le bassin et que l'offre pouvait être transférée à un autre et à un autre, jusqu'à ce qu'ils soient tous utilisés ? Il devrait acheter toutes les terres à des kilomètres à la ronde à trois fois le prix, et il n'avait pas l'argent pour autant.

Par conséquent, il a essayé de convaincre le colon de ne pas accepter l'offre, promettant de le protéger ainsi que ses récoltes pour éviter toute représailles.

Mais le colon n'était pas convaincu. L'efficacité de cette défense était très problématique, mais même en la considérant comme sûre, il y avait d'autres dangers contre lesquels ils ne l'avaient pas mis en garde.

L'une était que s'ils trouvaient du pétrole ailleurs et que cela transformait le bassin en une immense lagune, leur terre s'assécherait et si plus tard leur parcelle ne trouvait pas de pétrole, ils auraient tout perdu. L'autre danger était qu'à ce moment-là il pouvait avoir trois fois la valeur de ses terres sans combattre et alors il ne pouvait plus rien avoir.

Par conséquent, je n'ai vu aucune autre solution qu'une. L'acquisition de votre bien par celui qui paie le mieux.

Fuchs, pris d'une rage sourde, répondit :

"D'accord, M. Long. Puisque nous avons encore quarante-huit heures pour étudier la question et décider, nous allons parler.

"Très bien. Comme vous l'aurez compris, j'ai d'abord résisté à l'offre de louer une pièce pour essayer le test, perdant cet argent et qui sait si même la découverte d'huile dedans, qui aurait valu plus d'argent. Je voulais être fidèle à tout le monde et à moi-même, mais quand les choses prennent cette tournure et que la menace et la grande perte entrent, il est très humain de se prémunir contre tout cela.

« D'accord, Long, je prends en charge tes points de vue et je ne peux pas te censurer, car si j'ai un critère je ne peux pas l'imposer de force aux autres. Je vous remercie au moins de m'avoir avisé de votre décision afin que je puisse étudier les moyens de l'empêcher. Peut-être n'avez-vous pas réfléchi à ce que cette vente peut signifier pour l'économie et le bien-être commun, mais il est logique que chacun voit les choses selon sa convenance. Je sais seulement lui dire que tout cela est né d'une lutte personnelle entre moi et ce trafiquant qui représente les pétroliers, et que le pétrole n'a rien à voir là-dedans, car en réalité, ni lui ni personne d'autre ne sait s'il existe ici. Il veut tenter sa chance comme il l'a fait dans d'autres endroits et veut me ruiner s'il le peut, en utilisant le pétrole comme arme. Quelle sera la fin de la lutte je ne sais pas,

« Je m'occupe de votre attitude, M. Fuchs, peut-être que si j'avais un ranch comme le vôtre, je penserais la même chose.

Le colon se prépara à partir. Fuchs a prévenu :

« J'espère vous voir avant que tout soit fini.

« Je serai heureux que vous trouviez une formule viable qui satisfasse votre point de vue.

Un peu plus tard, l'éleveur raconta à Virginia et à son neveu la nouvelle inquiétante que Long venait de communiquer. Les trois se regardèrent avec inquiétude.

« Que penses-tu qu'on puisse faire, papa ? demanda Virginie. On n'avait pas compté là-dessus.

"Pas vraiment. Cependant, j'ai toujours craint la défection de quelqu'un, même si dans ce cas cet homme use d'un droit que personne ne peut lui refuser. S'il savait que lui seul et personne d'autre était capable de se laisser séduire par de telles offres, il perdrait cet argent en achetant sa terre, mais je crains que dès que cela arrive, l'offre soit faite à un autre et que l'autre accepte, avec laquelle se formerait une chaîne que je ne puis supporter.

"Je comprends. Qu'est-ce que tu vas faire?

« Je vais rassembler les autres et leur rendre compte de ce qui se passe. Je crains que ce ne soit une bombe explosive et que beaucoup, sinon tous, soient enclins à imiter Long, essayant de vendre leurs propriétés comme le moindre mal. Si cela arrivait... vous rendez-vous compte de ma situation ? Je me verrais dans un cercle terrible, sans autre salut possible qu'un seul : qu'il n'y avait pas de pétrole dans cette région, mais s'il existait, ce serait ma ruine et le triomphe absolu de ce cochon.

Gleen, qui était resté tendu pendant que son oncle réalisait cette terrible menace, est intervenu pour dire :

"Mon oncle, je pense que si le remède va être pire que le mal, il ne faut pas le dire à personne ni rendre compte de ce qui se passe. Il est préférable que ce fil du tissu nous essayons de le reconstruire nous-mêmes, sans l'exposer nous-mêmes aux autres fils lâches suivant leur propre chemin.

« Cela se dit facilement, mais comment ?

« Cette affaire ne doit pas être traitée de l'extérieur vers l'intérieur, mais de l'intérieur vers l'extérieur.

"Que veux-tu dire?

« Simplement, que rien ne sera accompli, tant qu'Alvin a la liberté de mouvement pour chercher la fissure où mettre le couteau. Ce qu'il faut faire, c'est couper toute possibilité de rapprochement.

« Vous pensez que c'est facile ?

« Je ne sais pas, mais je ne pense pas que ce soit impossible.

« Donnez-moi une solution.

« J'en ai deux, mais d'abord, je veux que tu me dises une chose. S'il ne s'agissait que d'acheter sa terre à Long et à personne d'autre, risquerait-il cet argent ?

« Je peux le faire, mais une seule fois.

« Dans ce cas, s'il vous plaît, donnez-moi la liberté de mouvement afin que je puisse essayer de résoudre ce problème. Dans ce cas, je devrai être d'accord avec ma cousine dans ses théories concernant notre conduite en tant qu'avocats.

Quelles théories ?

« Il dit que nous sommes plus redoutables à manipuler les lois et le Code qu'un poulain de 45 ans et que nous sommes capables de faire croire que le blanc est noir et vice versa.

« Et qu'est-ce que tu veux dire par là ?

« Qu'en appliquant cette théorie dans un ordre différent, je vais voir si nous obtenons la victoire avec des procédures arbitraires jusqu'à un certain point. Ce ne sera pas une chose très légale, mais dans ce cas, il n'y a pas de lois morales à appliquer mais des lois de défense humaine à mettre en pratique. Avec cette promesse que vous m'avez faite de sauvegarder les intérêts de Long à tout moment afin que vous ne puissiez pas être poursuivi, le reste n'a pas d'importance.

Dites-moi ce que vous essayez de faire.

"Plus tard. Laissez-moi commencer mon chemin et vous saurez le reste en temps voulu.

« Attention, Gleen, j'ai bien peur que tu en fasses trop.

'Ne vous inquiétez pas. J'ai l'obligation morale de le défendre à tous égards et je le ferai. Nous en reparlerons plus tard.

Virginia tenta de le forcer à lui exposer ses projets, mais en vain. Gleen vient de répondre :

« Je suis désolé Virginia, mais les avocats ont nos secrets et astuces, que nous ne révélons que dans le moment psychologique. Je peux seulement vous dire que je vais défendre votre ranch et, bien sûr, celui de votre père, autant que mon intelligence et mon pouvoir peuvent aller. Je veux vous éviter d'être emporté par le diable et vous devrez un jour vous demander si comme moindre mal, vous ne seriez pas intéressé à être l'épouse de l'avocat d'une entreprise importante, avec toutes les conséquences des désagréments qui en découlent. vous avez forgé en conséquence.

« Commentaire très ironique et cinglant, Gleen. Je ne pensais pas que tu étais si méchant.

« Je ne le suis pas, car si je l'étais, je n'essaierais pas d'apporter mon ingéniosité pour aider ton père et toi et surmonter cet obstacle. Je te dois tout et je dois payer d'une manière ou d'une autre.

« Ne penses-tu pas qu'il vaut mieux que tu te promènes là où est ta mère et que tu retournes ensuite à tes études ? Jusqu'à présent, nous avons pu avancer avec nos propres forces, qui ne sont pas rares.

« C'est un cas où la force morale est supérieure à la force matérielle. Un futur avocat vous le dit.

« Au diable vous et vos lois.

Et très en colère, elle l'a quitté, ne voulant pas recommencer un dialogue trop dur avec lui.

Gleen s'enferma dans le bureau de son oncle et écrivit une lettre qu'il alla plus tard déposer à cheval à la poste de la ville.

Le lendemain, Long reçut la lettre. Il s'agissait d'une brève note, dans laquelle il lui était demandé de se présenter à McAlester le lendemain et d'attendre à l'auberge du Plaza la visite de l'acheteur de son terrain, pour y finaliser le contrat de cession.

Long, croyant de bonne foi que c'était l'ex-trafiquant qui l'appelait, et compte tenu du fait que l'éleveur ne lui avait envoyé aucun avis, fit ses préparatifs pour partir pour être le lendemain dans le village. Comme il ne se souciait plus des terres qui allaient cesser d'être ses heures plus tard, il était tellement désolé de les quitter quelques heures auparavant et il était absent pour être au lieu du rendez-vous à l'heure convenue.

Gleen s'était promenée, apercevant l'effet de son piège, et lorsqu'elle vit le colon se préparer à assister au rendez-vous, elle respira de soulagement.

Immédiatement, il retourna au ranch et chercha le contremaître, demandant deux ou trois hommes de confiance. Il attendait la visite d'Alvin, mais il ne savait pas s'il irait seul ou accompagné d'une escorte et ne devait pas bêtement s'exposer à un combat avec des forces supérieures.

Il a dû expliquer sa supercherie au contremaître. Le contremaître a pris beaucoup de plaisir à la rencontrer et lui a prêté trois hommes déterminés et bien armés.

Et avec eux, il a déménagé dans la cabane du colon, attendant qu'Alvin se présente pour finaliser l'accord.

C'était en milieu d'après-midi qu'ils virent apparaître le trafiquant, accompagné de deux autres hommes. Gleen les regarda avancer à travers l'une des fenêtres de la cabine et ordonna à l'un des pions de rester avec lui et aux deux autres de se tenir prêts à intervenir en temps voulu.

Un peu plus tard, Alvin, confiant, s'est présenté dans les champs, en direction de la cabane.

Sa surprise fut grande lorsque Gleen sortit pour le saluer. Il avait le pion à ses côtés et à l'extérieur, de part et d'autre d'Alvin et de ses deux compagnons, les deux autres pions étaient placés. Alvin regarda autour de lui nerveusement. Cela sentait le piège et il avait peur de ne pas en sortir.

Gleen, avec un accent ironique, le salua :

« Gee, M. Alvin, quelle visite agréable et inattendue. Je le trouve bien mieux que la dernière fois qu'on s'est vu par ici. J'observe que vous êtes un homme de récupération incroyable.

Alvin, essayant de faire preuve de sang froid et de mépris, a répondu :

"Voulez-vous s'il vous plaît ne pas déranger? Je viens voir M. Long, pas vous.

« À M. Long ? Dommage que vous ne soyez pas venu hier ! Elle aurait pu lui dire au revoir avant qu'il ne parte pour son voyage en Californie.

« Hé, qu'est-ce que tu dis ?

"Qu'il est parti hier. Nous avons conclu un accord avec lui et lui avons acheté son terrain. Mon cousin aime bien aménager un jardin de fleurs exotiques expérimental, et apparemment ce terrain se prête bien à diverses variétés de fleurs tropicales. Comprenez-vous quelque chose sur le jardinage ?

"Allez au diable et gardez vos blagues pour quiconque peut les supporter ! Je rencontre M. Long ici pour discuter d'une question et je veux le voir.

« Si tu penses qu'on t'a mangé ou qu'on t'a kidnappé, je t'autorise à venir te chercher, mais n'oublie pas que je le fais au nom de mon oncle et des autres propriétaires du bassin, qui sont les actuels propriétaires de ce terrain. . Nous savions que M. Long voulait le vendre et ensemble, ils l'ont acquis, car ils ont compris que cela valait la peine de sacrifier une poignée de dollars, histoire de ne pas avoir à profiter de son quartier désagréable. M. Long a signé l'acte hier et s'est mis en route sans perdre de temps.

"Ce n'est pas possible. Ce type s'est moqué de moi.

« Pourquoi ? Vous lui avez fait une proposition, nous a-t-il dit, nous lui avons donné une poignée de dollars de plus et comme il n'avait pas signé avec un autre, il a accepté et est parti. Y a-t-il quelque chose de plus naturel ?

« Nous sommes vraiment désolés que vous ayez joué ce tour avec des cartes très lâches, M. Alvin. Lorsque nous commençons une partie et acceptons une mise, le moins que nous ayons entre les mains est un bon poker. Et après ce mauvais match pour vous, attendez que nous en commencions un autre. Comme vous l'avez peut-être compris, les propriétaires de cette zone sont déterminés à ne pas tolérer votre présence ou celle du pétrole ici. Tout le monde a contribué à cette acquisition pour l'achat et cela vous fera comprendre qu'il est inutile d'essayer la même chose avec quelqu'un d'autre, car il ne vendra votre bien pour rien au monde.

»C'est le premier avis ; le second, je vais le lui donner moi-même. Si nous vous voyons réapparaître ici, pensez avant d'essayer que vous allez trouver une barrière de fusils prête à vous couper ou à vous laisser dans la prairie pour ne pas répéter la tentative. J'espère que vous y réfléchirez et chercherez du pétrole sous la Vallée de la Mort ou au sommet du mont Shasta, qui sera plus facile à trouver qu'ici. Vous avez mal calculé nos forces et notre détermination inébranlable à ne permettre à personne de transformer ce coin joyeux et paisible de l'Oklahoma en enfer. Mettez ça dans votre tête maintenant qu'il est encore temps.

Alvin rugit de fureur. Lorsqu'il pensait avoir entre les mains tous les triomphes de l'épreuve, ils avaient gagné l'enjeu d'une manière retentissante.

Mais il faisait partie de ceux qui n'abandonneraient pas tant qu'il aurait la force de se battre. Il avait mis tout son amour-propre à combattre Fuchs et il continuerait d'essayer.

Mordant les mots, il s'écria :

"Très bien, vous visez un autre triomphe, mais certains seront le dernier pour vous et le décisif pour moi. Les menaces ne me font pas peur, car je peux et je vais y répondre. Votre oncle doit se souvenir amèrement du traitement qu'il a subi m'a donné quand je suis allé proposer l'affaire.

« C'est possible, mais n'oubliez pas que derrière » et au besoin devant » mon oncle, je le suis aussi.

«Je le célèbre, parce que vous et moi avons une dette en suspens à régler.

"Pourquoi ne payons-nous pas tout de suite pour ne pas perdre de temps ? Je ne fais pas partie de ceux qui ont tendance à laisser pour demain ce que je peux faire aujourd'hui.

"Je le fais, parce que je n'accepte rien qui donne un avantage à l'opposé et l'avantage en ce moment est le leur. Il y aura du temps pour tout, que vous le vouliez ou non, l'enfer viendra dans la vallée et de l'or noir en jaillira, qui peut devenir rouge lorsqu'il se mélange au sang qui va couler.

« Y compris le vôtre ?

« Peut-être y compris le mien... et le vôtre.

« Eh bien, allez-y et dépêchez-vous, car ils me réclament ailleurs et je veux que cette affaire soit résolue avant que je
parte.....

"Ce sera quand il le faudra, mais rassurez-vous que pour ma part, je ne retarderai pas une seule minute par caprice ou hésitation.

«

« Ce sera pour l'un des deux.

Alvin, sans fanfaron extrême, au cas où Gleen perdrait son sang-froid et recourrait à la violence, se précipita avec ses coéquipiers et quand il était absent, Gleen, riant avec amusement à la pièce, ordonna :

« Retournons au ranch, mais attention d'abord à ne laisser aucune trace de notre séjour ici. Que lorsque Long revient, il croit que personne n'a visité sa cabine et ne soupçonne pas ce qui s'est passé. Le temps devra savoir.

CHAPITRE VIII

LA PREMIÈRE EXPLOSION

Gleen, à son arrivée, comprit qu'il ne devait plus cacher le truc utilisé à son oncle et Virginia et les rassembla pour leur rendre compte du succès obtenu.

L'éleveur, très sérieux, a commenté :

— C'était jouer aux cartes sales, Gleen ; même si j'admets que la procédure était ingénieuse.

«Est-ce que ce gars méritait mieux?

« Je ne parle pas de lui, je parle de Long.

« Il n'y a pas une telle saleté. Pour l'instant, vous allez croire qu'Alvin a manqué à sa parole et devra se contenter. Cela nous aide à éviter qu'Alvin n'insiste sur la procédure, ce qui pourrait être démoralisant et ne propose pas d'acheter à nouveau d'autres propriétés, croyant que nous sommes tous prêts à ne pas les vendre. Plus tard, si on écarte le danger, tu pourras parler à Long, expliquer ce qui a été fait et lui offrir l'argent qu'ils lui ont donné pour ses terres : S'il l'accepte, il n'aura rien perdu et s'il y pense mieux et reste, tout le monde aura gagné.

« Cela soulage ma conscience et je vous félicite pour votre ingéniosité, Gleen.

« Des trucs d'avocat, mec. Si nous ne savions pas profiter des fissures que nous présentent nos adversaires, comment pourrions-nous triompher de manière éclatante ? Le succès réside précisément dans la défense de ce qui semble impossible ; l'autre, le vulgaire, se défend et n'a aucun mérite.

« Eh bien, maintenant, nous devons savoir comment Alvin réagira.

« C'est ce que nous devons surveiller. Il doit faire quelque chose car il est de plus en plus en colère et ne se contentera pas des défaites subies.

Armor a décidé de ne pas informer ses voisins de l'astuce utilisée pour parer au moins pour le moment à la tentative d'ouvrir des trous dans ces terres. Il était oréférable de laisser dormir l'affaire le plus longtemps possible, pour éviter les polémiques qui pourraient provoquer le schisme.

Armour devina que si un danger réel pesait sur cette partie du territoire, plus d'un vacillerait. Le pétrole empoisonnait non seulement les corps, mais aussi les esprits, et beaucoup rêvaient de devenir des hommes riches du jour au lendemain.

Ce qu'il a fait, c'est mettre en place un service de surveillance à longue distance, pour découvrir toute tentative surprise qui pourrait survenir.

Long revint deux jours plus tard, perplexe et nerveux. Il avait attendu en vain Alvin et lorsqu'il fut convaincu qu'il ne se présenterait pas, il retourna dans son ranch.

Et maintenant, il ne savait plus quoi faire. Il avait honte de rapporter à Fuchs son échec et le ridicule dont il avait été victime, bien qu'il ne puisse expliquer pourquoi l'intérêt d'acheter sa terre, puis renoncer à l'acquisition.

Le moment délicat d'aller faire son rapport à Armor fut évité, car Gleen passa devant sa cabine comme s'il se promenait par distraction. Voyant Long, il s'arrêta en disant :

"Bonjour, M. Long. Je ne pensais pas encore l'avoir vu par ici.

« Moi non plus, mais… c'est vrai. S'il te plaît, dis à ton oncle qu'il n'y a rien à propos de l'accord dont je t'ai parlé.

« Comment dites-vous ? Ce crapaud s'est-il repenti ?

« Je ne sais pas, mais il semble que oui. Il m'a appelé à McAlester pour finaliser l'affaire et je l'ai attendu deux jours sans me présenter. C'est une sale chose que je ne tolère à personne.

« Vous pouvez tout attendre d'Alvin, M. Long. De toute façon, peut-être qu'il n'a pas réussi à réunir l'argent et c'est tout. Offrir coûte peu, mais quand il s'agit de donner...

« Je ne l'ai pas cherché, mais lui pour moi.

« De toute façon, je ne dis pas que je suis désolé, parce que ce ne serait pas vrai. Pour l'instant, il vaut mieux pour tout le monde ne pas troubler la tranquillité qui règne ici. Sans ce mec, ce serait le paradis et... il vaut mieux que ça reste comme ça.

Après cette conversation, il ne s'est rien passé. Les pions d'Armor étaient à l'affût, faisant des découvertes, mais tout était toujours calme et il semblait qu'Alvin s'était beaucoup vanté de quelque chose qu'il ne trouvait pas très facile à accomplir. Il y avait des os dans lesquels il a forcé à enfoncer ses dents et celui-ci en avait l'air. Encore plusieurs jours passèrent, le calme continua de régner et Gleen regarda le jour de son retour à l'école pour continuer ses études approchant, sans que rien n'ait été résolu.

Et comme il devinait que la poudrière devait exploser à un moment donné, il dit à son oncle :

« Je vais écrire à mes professeurs pour leur dire que je ne suis pas encore complètement rétabli et qu'il me faut encore quinze jours de vacances. Peut-être qu'à ce moment-là, quelque chose se passera qui clarifie le tableau.

"Je pense que tu devrais y aller, Gleen" répondit l'éleveur. Il y a assez de monde ici pour faire face à n'importe quel danger.

— Oui, mais je ne ferais pas confiance à tout. Après tout, une quinzaine de jours ne veut rien dire. Je peux les gagner en étudiant une heure de plus chaque jour.

Et c'est précisément cette même nuit que la trêve a été rompue de manière dramatique, sans que personne n'ait pu préciser comment l'attentat avait eu lieu. Vers trois heures du matin et simultanément, trois incendies se sont déclarés dans les champs de maïs déjà asséchés de trois colons du bassin. Lorsque les incendies ont été découverts, le feu, aidé par une forte brise soufflant du nord, avait pris de la violence et menaçait de dévorer l'effort de plusieurs mois de travail sur le terrain.

Toute cette partie de la vallée s'éveilla en alarme au hurlement aigu des cors de chasse annonçant le danger. Au ranch Fuchs, tout le peonage s'est levé rapidement, prêt à intervenir et l'éleveur lui-même, à la tête de son équipe, s'est rendu sur les lieux sinistrés, qui parce qu'ils étaient assez éloignés les uns des autres, contraints de diviser les secours, pouvoir aller partout.

Ce fut une tâche brutale et épuisante jusqu'au lever du soleil, sans que l'effort soit cependant très efficace. À tout le moins, les récoltes ont été détruites ou presque détruites, bien qu'il ait été possible d'éviter que les cabanes, certains hangars et certains autres éléments ne soient brûlés.

La consternation régnait parmi les propriétaires de la vallée. Alvin avait commencé à frapper avec la force que lui donnaient les éléments impliqués dans le pétrole et commençait à saper, non seulement la résistance et la force de ses ennemis, mais leur moral.

Ce qu'il n'avait pas réalisé par la persuasion et l'offrande, il cherchait à le réaliser par la destruction et la peur, et Fuchs commença à craindre qu'à la dernière minute, le triomphe ne soit son ennemi.

Quand les feux furent éteints, quand ces trois tableaux de ruine et de misère furent contemplés au soleil, les visages de tous étaient contractés et rigides, devinant les tempêtes qui minaient les blessés.

Jusqu'à ce que l'un d'eux, s'avançant, s'exclame :

"Voici ce que nous avons accompli avec tout cela, M. Fuchs et il faut vous le dire, puisque vous avez été celui qui a peint la situation d'une manière différente et nous a obligés à nous engager dans quelque chose qui a détruit quelque.

"Je ne sais pas s'il y aura ou non du pétrole dans ces foutues terres, mais nous aurions gagné plus en leur permettant de le vérifier. S'ils avaient échoué, nous serions maintenant calmes et ces ruines stupides auraient été évitées et si ils avaient vraiment pris du pétrole qui sait le chemin qu'aurait pris notre situation à cette époque... même si ça ne vous a pas plu.

Fuchs, face à la tirade agressive du colon, a répondu :

« C'est possible, mais arrêtez de réfléchir à ce qui serait arrivé à ceux qui, malheureusement, n'avaient pas eu la chance de trouver de l'or noir sur leurs propriétés.

" Rien de pire que ça ? " s'écria le colon en désignant désespérément ses oreilles carbonisées. " Non, pas pire, car au moins ce que nous avions serait resté intact.

« Vous croyez ? Savez-vous quelque chose sur l'influence du pétrole sur les terres et les cultures ? Mais si c'est un poison qui brûle tout et le tue.

« Très bien, mais ruine par ruine, l'autre était préférable, car au moins les favorisés auraient utilisé les entrailles de leurs récoltes. Non, cela ne peut pas continuer comme ça et ne continuera pas. Les engagements sont terminés quand, malgré eux, personne n'a pu protéger nos modestes domaines. Aujourd'hui le coup a été porté à trois, demain il pourra être porté aux autres et finir par nous plonger tous dans la ruine. Peut-être pas à vous, car vous avez beaucoup d'hommes pour défendre votre propriété, mais que gagne-t-on à sauver ce qui est à vous, si nous perdons ce qui est à nous ? Je suis fauché, coulé, dans la misère, mais à moins que... je verrai si je me sauve d'une manière ou d'une autre. Ce que je n'ai pas laissé faire sur ma terre, je le ferai moi-même. Je vais y ouvrir des trous jusqu'à ce que je traverse le globe de part en part et comme cela convoitait les pousses d'huile,

Les deux autres victimes, en l'entendant, s'exclamèrent avec des accents féroces :

"C'est vrai et ça le fera. Nous ferons de même et je vous fais une proposition à vous deux. Ce qui peut survenir dans n'importe laquelle de nos terres, à des tiers d'utilité et si cela germe dans les trois, tant mieux.

Fuchs, face à la terrible menace qui a ruiné tous ses efforts pour défendre ses pâturages de l'influence terrible et mortelle du pétrole, a perdu le contrôle de ses nerfs, et se levant d'un air menaçant, il a hurlé :

"Écoutez, c'est devenu un enfer d'intérêts conflictuels, dans lequel, apparemment, nous devrons tous nous battre pour défendre ce qui nous appartient. J'ai cherché le moyen le plus loyal pour que personne ne soit blessé et ce n'est pas de ma faute si certains voyous, faisant appel à de misérables sabotages, ont commis ces scélérats sans qualification.

Mais tout comme vous parlez de défendre ce qui est à vous, je dois vous avertir que je défendrai ce qui est à moi. Le pétrole est une menace pour plusieurs kilomètres de pâturages et pour quelques milliers de cornes qui m'ont demandé plusieurs années et de nombreux efforts pour y parvenir. Je suis venu ici pour me battre avec la terre, avec les éléments et avec les indésirables, pour réaliser ce que je possède maintenant et j'ai dû risquer ma vie plusieurs fois pour la défendre et la préserver. Si maintenant quelqu'un, quel qu'il soit, menace à nouveau ce qu'il m'a coûté tant de sacrifices à élever, il sera mon ennemi et comme tel je le traiterai.

» Le pétrole n'est pas de l'or véritable. L'extraire ne nuit pas à un tiers. Extraire du pétrole d'un puits est un poison pour les autres et je ne peux pas tolérer que quelqu'un me défasse de mes finances. Je tiens à vous prévenir, car si de cette façon ils me déclarent la guerre, je l'accepterai contre n'importe qui, aussi pénible que cela puisse être pour moi de me retourner contre mes amis jusqu'à aujourd'hui et que j'ai essayé de bonne foi de défendre.

"Ne dis pas de bêtises" beugla l'un d'eux. S'il vous avait été commode d'extraire de l'huile de vos pâturages, vous n'auriez pas attendu qu'ils viennent vous la proposer, vous l'auriez cherchée par vous-même, sans penser aux autres, car dans votre propriété vous pouviez tout faire tu voulais. gagner. Eh bien, cela nous arrive; dans nos parcelles, nous pouvons faire ce que nous voulons et personne ne pourra l'empêcher.

" Moi ! beugla Fuchs.

"Toi.

« Si moi, parce que cela peut me nuire et tout comme je n'ai pas voulu faire de mal aux autres en essayant d'abord, je ne tolérerai pas qu'on me ruine. Je veux avertir que je mettrai tous mes hommes en mouvement et que le premier à être surpris en train d'ouvrir un trou, avant qu'il ne l'ouvre complètement, ils lui en mettront un sur la tête avec une once de plomb et tout sera fini.

Un silence dramatique accueillit la menace. Fuchs avait Gleen et plusieurs des pions de son équipe à ses côtés, et ils semblaient prêts à riposter.

« Alors pourquoi ne nous indemnisez-vous pas pour le préjudice subi puisqu'il vient de vous ? « Dit un colon.

« J'aimerais bien, mais je n'ai pas pu me réconcilier avec tout le monde. Ce que je peux faire, c'est les aider à ne pas avoir faim pour le moment et plus tard, quand cela sera résolu, parce que cela doit être résolu et peut-être pas longtemps, alors nous étudierons comment atténuer ces pertes.

« Des mots et rien que des mots. Le pratique c'est autre chose et s'il y a de l'huile ici... c'est bien le pratique.

"J'espère que vous y réfléchissez bien", a averti Fuchs.

« C'est médité » beugla l'un ; Je suis en charge de ma maison et je ferai ce que je veux. Les autres qui suivent le chemin qu'ils jugent le plus commode pour eux.

La désorientation régnait parmi l'assemblée. Ceux qui n'avaient pas encore subi d'attaques ou de pertes n'osaient pas se joindre aux victimes, mais ils restaient fidèles à l'attente, car si les autres défiaient les menaces de Fuchs et trouvaient du pétrole, ils commenceraient tous à creuser dans leurs terres ressemblant à des bêtes sauvages. de puits nouveaux et féconds.

Armor a posé une question générale :

Qu'en pensent les autres ?

Personne ne semblait vouloir prendre l'initiative, jusqu'à ce que l'un d'eux réponde :

« Pour le moment, nous réservons notre avis. Les circonstances règnent et nous nous tempérerons avec elles.

La réponse était ambiguë, mais menaçante, car si quelqu'un découvrait du pétrole, d'autres, comme des bêtes sauvages, partiraient à sa recherche aussi.

L'éleveur était hors de lui. Il savait qu'il était acculé et qu'il ne parvenait pas à dominer autant d'éléments hostiles en essence ou en pouvoir.

Et craignant de provoquer le cataclysme, il a décidé de couper court à une situation aussi dramatique en disant :

« Messieurs, j'ai dit mon dernier mot. Si comme quelqu'un l'a indiqué, le moment est venu de se sauver qui peut et chacun va au sien, et non à l'intérêt général, je défendrai ce qui est à moi bec et ongles et sans regarder contre qui. Je sacrifierai ma vie s'il le faut pour éviter que mes pâturages ne se transforment en désert gris et que mon bétail ne s'empoisonne. Suivant la théorie des uns, je fais ce que font les autres : défendre ce qui m'appartient. Pour cette raison, je répète que celui qui fait germer une seule goutte d'huile et me mène à ma perte... doit se préparer, car je le tue.

Et suivi des siens, il quitta la réunion pour retourner au ranch.

La situation était devenue dramatique. La mort a commencé à promener sa faux à travers la vallée, se demandant quelle serait sa première et meilleure proie et tout le monde savait qu'ils étaient menacés par sa faux à tout moment. Les trois victimes pouvaient mettre à exécution leur menace d'ouvrir des puits, mais elles ne pouvaient ignorer celle de Fuchs, qui obéirait à l'aide précieuse de ses pions. Ceux-ci, avant tout, étaient des cow-boys et défendaient les pâturages et le bétail dont dépendait leur vie.

Ils soutenaient Fuchs de manière agressive et ils étaient nombreux. Ce n'est qu'en organisant une force pour s'opposer à la leur qu'ils pourraient défier cette terrible menace.

Qu'allait-il se passer désormais ? Personne ne pouvait le prévoir, mais tout le monde était convaincu que ce serait quelque chose de trop tragique pour certains.

La menace de Fuchs a choqué les trois colons dont la ruine avait été si tragiquement accomplie, et avant de défier le pouvoir de l'éleveur, ils ont échangé leurs points de vue. Et il y avait quelqu'un qui a proposé:

«Je pense que la meilleure chose est d'aller chez McAlester, d'entrer en contact avec l'Oklahoma Oil Company, de leur expliquer le cas et de leur faire envoyer des hommes en nombre suffisant pour ouvrir les trous. S'ils ont provoqué notre chute, qu'ils exposent également quelque chose pour avancer dans leur entreprise. Nous leur demanderons une somme pour la location des parcelles et au moins, tant qu'on saura s'il y a du pétrole ou non, nous récupérerons une partie de ce qui a été perdu.

L'un d'eux a été nommé afin qu'il puisse sans perte de temps assurer la gestion qui les intéressait tant.

Le colon s'est présenté à la ville, précisément au moment où Alvin était là pour échanger des impressions avec le directeur. Il avait fait acheter sa part dans les puits qu'il avait découverts et attendait le résultat du sabotage qu'il avait lui-même organisé, pour semer l'ivraie parmi les propriétaires du bassin et rompre le pacte signé entre eux. Il était enragé par ce qu'il croyait être le mauvais travail de Long, et face à tant de résistance et de difficulté à aller de l'avant, il n'avait pas hésité à recourir à des procédures drastiques.

Les menaces de Gleen ne l'avaient pas impressionné, car maintenant, avec de l'argent, il pouvait acheter des consciences et des mains bien armées pour faire le travail.

Le directeur, qui était au courant de la lutte acharnée d'Alvin avec les propriétaires terriens de Wesley Valley, n'a pas tardé à appeler l'ancien marchand pour écouter le colon et entendre ses propositions.

Le colon, présenté à Alvin, s'avança furieusement vers lui en hurlant :

« Avez-vous été le scélérat qui... ?

« Calme-toi, mon ami, et ne te lève pas avant ton heure. Ils viennent de me dire que vous venez proposer à l'entreprise vos propriétés pour essayer d'ouvrir des puits et si c'est le cas, nous pouvons bien nous comprendre.

"Je n'aurais pas fait appel à de telles procédures, si Fuchs, qui vous a eu dans son poing, ne m'avait pas forcé à le faire. J'ai simplement essayé de louer un terrain à qui voulait commencer la recherche; quelque chose qui aurait profité tout le monde, s'il y avait du pétrole là-bas, comme nous le supposons, mais Fuchs m'a maltraité, m'a menacé, m'a même maltraité et s'est opposé sans aucun droit à ce que d'autres fassent ce qui ne l'intéressait pas.

Et j'ai dû répondre de la même manière. J'ai fait une affaire d'amour-propre d'y découvrir du pétrole, s'il y en a, et j'ai fait appel aux mesures qu'ils m'ont laissées sous la main. Je suis désolé que vous n'ayez pas eu de chance, mais nous essaierons de résoudre ce problème, si vous êtes vraiment prêt à permettre le creusement de puits.

"Bien sûr, nous sommes prêts et nous l'aurions fait nous-mêmes, si Fuchs ne nous avait pas menacé de le fusiller. Nous avons rompu toutes les relations avec lui, mais nous ne pouvons pas nous tenir tous les trois devant son équipe, c'est pourquoi nous sommes venus offrir à la Compagnie le terrain pour qu'elle, si elle a assez d'hommes, puisse envoyer le nécessaire pour creuser des puits, s'il nous est offert une indemnisation pour les dommages subis.

Alvin, qui éclatait de joie en sachant qu'il allait mettre à exécution ses menaces, répondit :

« Je suis prêt à vous payer la valeur de ce qui a été perdu dans les incendies et plus tard, si nous découvrons du pétrole, nous parviendrons à un accord, soit en vous achetant le terrain, soit en vous offrant une part du produit de chaque puits. qui est ouvert avec de l'essence.

« Dans ce cas, j'ai l'autorisation de mes collègues pour traiter avec vous au sujet du bail. Dès que la valeur de la perte nous sera payée, nous en autoriserons l'entrée.

"Parfaitement. Nous essaierons d'évaluer ces pertes et de signer le document.

Ils étaient dans un bureau à discuter de l'argent à livrer et des conditions du contrat, jusqu'à ce qu'ils parviennent à un accord.

Le colon a signé au nom des trois, a reçu l'argent et a dit :

« Quand comptez-vous envoyer votre peuple ?

« Après-demain, j'enverrai une quarantaine d'hommes avec le matériel nécessaire pour que le travail puisse être effectué plus tôt et dans de meilleures conditions.

« Très bien, mais n'oubliez pas que Fuchs a tous ses pions en alerte et qu'ils gardent la prairie pour empêcher toute intrusion dans nos terres.

« C'est la même chose pour moi. Maintenant que je sais que j'ai le droit d'y entrer et de manœuvrer en toute liberté. Je vous le promets, Fuchs se souviendra du jour où il a osé me défier d'une manière aussi idiote.

»Vous pouvez retourner sur vos terres et rassurer vos compagnons en leur donnant votre argent. Dans deux jours, nous parlerons.

Le colon est retourné dans ses champs détruits et cette même nuit, il a rencontré les deux autres victimes. Ils se sont sentis rassurés après avoir reçu leur argent. A partir de là, laissez Fuchs s'occuper de son ennemi.

Armour et son neveu se sentaient tous les deux très nerveux. Ils savaient que la terrible tempête allait bientôt éclater et ils craignaient ses conséquences, car cela leur faisait mal de devoir affronter non seulement leur ennemi, mais leurs propres voisins.

Mais deux jours plus tard, l'un des pions qui regardaient de loin, retourna au galop pour annoncer à Fuchs, que deux énormes charrettes chargées ne savaient quoi, car les auvents cachaient la cargaison et un grand groupe de cavaliers, s'avança du Nord avec direction vers cette partie de la vallée.

Fuchs a deviné que c'était Alvin. Il tint sa promesse d'accepter la bataille et la provoqua, car sans la provoquer il ne pouvait rien accomplir.

Cela lui fit comprendre qu'il serait inutile de faire appel au secours de ceux qui, jusqu'à tout récemment, avaient été ses alliés. Tout ce qu'il pouvait espérer, c'était qu'ils soient neutres tant qu'ils n'avaient aucune raison de s'incliner d'un côté ou de l'autre.

L'enjeu était de taille et Armor s'est lancé dans la bataille. Peut-être que s'il le gagnait, il écarterait le danger pour toujours.

Il harcelait ses péons et ils se préparaient à repousser les intrus qui tentaient de pénétrer sur les terres des colons.

Mais son étonnement et sa colère furent énormes, lorsque deux cavaliers se détachèrent du groupe, sur la poitrine desquels brillaient au soleil les étoiles d'argent des shérifs ou des commissaires.

L'un était le shérif adjoint de McAlester et l'autre un shérif de McAlester.

Le shérif adjoint s'avança vers le groupe hostile de Fuchs et ses pions, et l'éleveur, craignant le pire, ordonna à ses hommes de garder leurs mains pour eux-mêmes.

« Lequel d'entre vous est Armor Fuchs ?

"Je" répondit le rancher en saluant d'une voix rauque le shérif adjoint.

« Très bien, dans ce cas, je dois vous communiquer quelque chose de mon patron, le shérif général de ce bassin. Ces hommes qui me précèdent, viennent en usant de leur parfait droit de prendre possession des terres qu'ils ont louées, selon des documents qu'ils ont dûment exhibés et dans lesquels ils envisagent de travailler dans des opérations de forage pour rechercher du pétrole.

»Comme apparemment, selon la plainte du propriétaire, vous vous opposez sous la menace de la force qu'ils utilisent ce droit qui protège la Loi, je viens au nom du shérif pour vous donner l'avis et vous avertir que toute tentative d'attaque ou de coercition pour les empêcher L'exercice de ce droit parfait qui les aide vous affectera ainsi que quiconque vous soutient dans une action agressive.

» Et si cela se produit et que le droit légitime de la défense de la personne agressée lui est contraire, en dehors des responsabilités légales requises par la loi, rien ne pourra reprocher ni exiger de responsabilité de ceux qui, défendant les siens, pourraient causer de graves pertes. au contraire. . J'espère que vous en prendrez note et retirerez vos forces dans votre ranch. Laisser les autres libres d'exercer leurs droits.

Fuchs, qui était livide, répondit en mordant les mots :

« Et qui m'assure contre les graves dangers que me causera l'usage de ce droit que la loi protège ?

"Qu'est-ce que ça veut dire?

« Vous le savez. Comme l'huile pousse et coule à travers les champs, sèche l'herbe, la brûle, détruit la sève qu'elle contient et dévaste tout ce qui l'entoure. J'ai des pâturages florissants et quelques milliers de têtes de bétail qui peuvent être empoisonnées si le l'huile monte et comme elle est sûre, elle détruit mes pâturages.Qui me préserve de ces dégâts ?

»Je me fiche de ce que fait le voisin si ça ne me fait pas de mal, mais si pour qu'il s'enrichisse je dois me ruiner, ça je ne tolérerai pas avec la loi et contre la loi.

« Si tel est le cas, vous pouvez déposer une demande de dommages-intérêts et demander aux tribunaux de statuer s'il y en a eu et combien. La loi est la loi et elle doit être respectée.

« Pensez-vous que c'est sûr et positif ? Pensez-vous qu'ils me paieraient les milliers de dollars que tout cela vaut, et le rendement que j'en retire par an ? Pensez-vous que pour favoriser les autres, je dois de toute façon renoncer à ce qui m'appartient ? Pourquoi ne cherchent-ils pas du pétrole dans les prairies ouvertes des déserts, ou sur les pentes des montagnes où ils ne peuvent nuire à personne ? Pourquoi serait-ce précisément dans un noyau de terre fertile, dans lequel se produit tout ce dont la vie des peuples a besoin pour se nourrir ? Est-ce qu'avec cette ambition démesurée et folle qui a secoué les gens à chercher le pétrole comme si ce maudit liquide constituait tout, la réduction fatale ou la mort du bétail et de l'agriculture peut être permise, autant voire plus nécessaire que le pétrole ? Pourquoi ne pas harmoniser les deux sans se nuire mutuellement ?

« Vous me proposez une théorie qui correspond aux gouvernements et non à moi pour la résoudre. Je représente la loi à sécher et la loi protège ceux qui en ont demandé la protection, le reste peut être relevé par celui qui correspond à chercher cette solution que je ne nie pas.

« Bien sûr, et quand cela sera étudié et résolu dans cinquante ans, où seront les perdants ?

« Je suis désolé de ne pas pouvoir résoudre vos problèmes, mais ce n'est pas en mon pouvoir. Ma mission est une et je la remplis ; le reste devant être résolu par quiconque a l'autorité et le pouvoir de le faire.

Fuchs, sur le point d'exploser, beugla :

« Très bien, ces gens ont le droit de s'installer sur ces terres et d'ouvrir des trous pour enterrer tout le monde. Qu'ils les ouvrent jusqu'à ce qu'ils sortent de l'autre côté de la Terre et tant qu'ils se limitent à ça, je me bornerai à attendre, mais s'ils ont le malheur de faire sortir du pétrole, et cela menace mes terres, alors l'enfer va apparaître à certains comme un lieu de récréation avec lequel il va exploser ici. J'ai juré qu'avant de voir mes terres brûlées et mes carcasses, ils devront me tuer et qu'ils se préparent à essayer, mais tant qu'ils n'y parviennent pas, qu'ils craignent pour leur pétrole, pour leur vie et pour le globe. C'est tout ce que j'ai à te dire.

Et sans plus attendre, il fit signe à ses hommes et l'équipe, tendue, les dents serrées par la fureur mal contenue, retourna au ranch, tandis que les deux gros chariots avec leur cargaison et le grand piquet de défenseurs les gardaient. , ils sont allés de l'avant, précédés du shérif adjoint et du commissaire, comme garantie que personne ne les empêcherait d'atteindre les terres louées et de s'y installer. Le reste, ce qui pouvait être tiré de cet acte audacieux, ne pouvait être prédit que par le destin.

CHAPITRE IX

PÉTROLE! PÉTROLE!

Ravi de son succès, Alvin avança avec cette énorme machine vers les terres des trois colons. Il avait su faire les choses avec habileté, se cachant au secours de l'autorité. Il savait que c'était un frein momentané à la pulsion agressive de Fuchs, une parenthèse qui lui permettrait sans combat ni exposition d'atteindre les terres avec ses hommes et son équipement intacts, mais il n'était plus si sûr que la protection morale de la loi le servirait. . beaucoup si l'huile venait à jaillir.

Ensuite, ce serait la force qui dirait son dernier mot, mais même ainsi, en cas de localisation de pétrole, puisque la trouvaille valait bien la peine d'être exposée et de dépenser plus, elle embaucherait des hommes en nombre suffisant pour battre son rival détesté.

Jusqu'à présent, il en avait assez pour protéger les sondages préliminaires ; plus tard, la chance aurait son dernier mot. Les deux grands chariots transportaient le matériel le plus précis pour les premiers essais. C'était du matériel électronique, plusieurs centaines de mètres de câbles, une petite plate-forme de forage et de la dynamite en abondance. Le travail préliminaire consisterait à ouvrir des trous, à y faire exploser la charge de dynamite et à étudier les réverbérations des barrages avec les sismographes, à écouter le sol et à dresser des cartes, qui serviraient à l'étude des techniciens jusqu'à ce que les dômes soient localisés. .

Mais parfois, tous ces travaux scientifiques étaient inutiles dans un sens ou dans un autre. Inutile, s'il n'y avait pas de pétrole à l'endroit où on le cherchait et inutile si la chance les préparait à se plonger dans des endroits favorables où la chance les avait amenés à découvrir du pétrole presque jusqu'au sol, car alors, il suffisait de hacher quelques mètres en introduisant un simple tube creux à travers le trou, de sorte que lorsqu'il atteignait le trou où se trouvait le pétrole, il jaillissait avec la force d'un projectile, sauvant études, cartes et autres données techniques que la nature prodigue rendait superflues.

L'arrivée de ce matériel et de tant d'hommes pour le protéger a mis le reste des propriétaires terriens de cette partie en état de choc. Apparemment, le matériel n'était pas encore complet ; De nouveaux wagons devaient encore arriver avec plus d'appareils de forage et de tiges de forage, et une agitation nerveuse et fiévreuse s'empara de tout le monde.

Que se passerait-il si du pétrole émergeait sur les terres de ces trois colons déterminés ? Pourquoi les autres ne pourraient-ils pas aussi tenter leur chance si la folie pétrolière s'était déjà emparée de tout le monde et si elle explosait, le visage de la vallée changerait comme si elle avait été secouée par le chaos géologique ? Ce qui est intéressant, c'est que tout le monde a tenté sa chance en même temps. S'il y avait pour tout le monde, rien pour perdre du temps et s'il n'y en avait pas, tout le monde serait convaincu en même temps de la stérilité du terrain.

Pour cette raison, dès que les préparatifs de forage ont commencé sur les terres des colons touchés par l'incendie, dans tous les autres endroits ils ont commencé comme un test, sans autre moyen efficace que des pics, des pelles et quelques barres de fer creuses, la tentative de chercher du pétrole possible, tous rêvant de le trouver dès qu'ils auraient gratté le sol.

Au ranch Fuchs, la tension régnait. L'éleveur, excité, ne parlait que d'un terrible combat sans quartier et il n'y avait aucun moyen de calmer ses nerfs.

Virginia était effrayée par l'attitude de son père ; À deux reprises, il avait tenté de quitter la ferme seul, obsédé par la recherche d'Alvin pour l'achever, et Gleen, qui était parfaitement au courant de tout, avait tenté de le calmer en disant :

« Écoute, mec, on ne gagne rien à perdre le contrôle de ses nerfs et à anticiper les événements. Personne n'est sûr que ce qu'il cherche puisse exister et tant que le pétrole n'émerge pas, pourquoi désespérer et provoquer quelque chose qui pourrait être fatal ?

S'ils ne le trouvaient pas, il n'y aurait rien à essayer et l'échec et la perte seraient pour eux. Peut-être alors réaliseront-ils leur folie et regretteront-ils d'avoir été emportés par le fantasme.

» Si cela se produit, il n'y aura pas besoin de se battre et d'exposer des vies inutilement. Tout coulera tout seul, sans ajouter de combustible au feu.

— Tout cela est très sensé en théorie, Gleen ; Mais s'il survient, qui évite la catastrophe alors ? Ce que je veux, c'est anticiper ce qui sera plus tard irrémédiable.

« Je te comprends, mais penses-tu vraiment que tu l'éviterais en provoquant ce combat ? Notez qu'Alvin n'est pas venu au dépourvu cette fois ; Il amène avec lui une quarantaine d'hommes bien armés, qui seront sans doute prêts à se battre, s'il n'y avait pas plus que cela, notre équipe, quoiqu'un peu moins nombreuse, pourrait peut-être tenter de balayer ces gens, mais avez-vous pensé à la l'aide qu'ils apporteraient à Alvin les autres propriétaires, alors qu'ils ont été influencés par la folie pétrolière et que tous ont transformé la vallée en un enfer où il n'y a pas de bras qui en ce moment ne saisisse les cimes pour s'enfoncer dans la terre ? Ils rejoindraient les hommes d'Alvin et formeraient un contingent contre lequel nous ne pourrions rien faire pour la quantité, même si ce n'est pour la qualité.

« Alors que pensez-vous que je devrais faire, leur permettre de transformer mes pâturages en un champ de désolation ?

« Pourriez-vous l'empêcher d'une manière ou d'une autre, si cela doit arriver ? Je ne pense pas, et pour se lancer dans un combat désespéré, il est toujours temps, surtout s'il y a un moment sérieux à essayer.

»Je ne dis pas cela parce que j'ai peur d'être un de plus dans le combat ; Au contraire, j'ai en suspens avec Alvin le bilan d'un combat et je ne partirai pas d'ici sans me mesurer à lui, mais de manière définitive.

« Alors gardez à l'esprit que si vous devez vous battre, je serai à vos côtés au moment décisif. Je comprends seulement que le combat, ou ne doit jamais être soulevé faute d'une raison fondamentale, ou lorsqu'il se produit, que ce soit pour quelque chose à la vie ou à la mort.

L'éleveur ne semble pas convaincu par les appels que son calme porte au jeune homme, mais Virginia, qui craint pour la vie de son père, soutient Gleen et avec lui se bat moralement pour convaincre Fuchs.

Il a fini par se calmer un peu et promettant la raison. Il doit s'accrocher au dernier espoir qu'il avait ; celui que les tentatives ont échoué et ils n'ont pas trouvé de pétrole.

Mais à partir de ce moment, ses nerfs subiraient des secousses capables de le rendre fou, chaque fois que le vent portait l'écho des explosions de dynamite jusqu'à la ferme, élargissant et approfondissant les trous qui s'ouvraient.

Glen était inquiète. Il savait ce qui pourrait éclater à un moment donné et ne voyait pas de solution viable au drame potentiel.

Le pétrole, s'engouffrant dans les sillons de la terre d'autrui, pourrait être la perte de Fuchs, sans bénéfice, mais pourquoi, si les pâturages étaient menacés, cette ruine ne pourrait-elle pas être atténuée par une contrepartie ?

S'il y avait du pétrole dans la vallée, il pourrait aussi bien provenir des terres de Long, ou de n'importe qui d'autre, que des propres pâturages de Fuchs, et si cela devait arriver, pourquoi ne pas prendre de l'avance sur les autres, en cherchant là-bas ce que ? qu'est-ce qui pourrait être partout?

Des pâturages et du bétail pourraient être perdus, mais si la terre contenait du pétrole, cela compenserait la perte par sa valeur, et finalement, la vente des champs compenserait l'éleveur pour ses pertes.

Mais, ce raisonnement logique, qui l'a exposé à Armor ? Dans leur obsession, ils l'auraient rejeté furieusement sans vouloir entendre parler de lui.

Et pourtant, c'était une mesure prudente et clairvoyante, à ne pas négliger. Lorsque vous devez faire face à de grands événements, les solutions ne peuvent pas être couplées avec votre désir, mais avec ce qui peut être extrait de ces mêmes événements, en perdant le moins et en gagnant le plus.

Harcelé par cette idée, il en fit partager Virginia. La fille n'était pas stupide ; Gleen savait trop de logique pour exposer la réalité sans fausses apparences, et elle l'a fait savoir à son cousin.

Celui-ci, convaincu par leurs arguments, répondit :

« Je pense comme toi, Gleen ; S'il est inévitable que le pétrole surgisse et qu'il puisse nous ruiner au profit des autres, pourquoi ne pas remédier à notre ruine avec la même chose qui le produit pour nous ? Malgré mon père, la réalité ne sera qu'une et qu'il aime le pétrole ou pas, ce serait du genre stupide de nous ruiner et de renoncer à ce qui pourrait être notre salut.

«Mais je pense comme vous, qui lui expose cela? Ce ne serait pas moi, malgré toutes les raisons.

« Moi non plus, mais, néanmoins, il existe de nombreuses façons de surmonter certaines difficultés.

"Comment?

« J'ai une idée, et je vais vous demander de donner votre avis là-dessus, pour qu'en fin de compte, la responsabilité incombe à tout le monde. Vous avez un contremaître qui est un homme très sensé. J'oserais lui expliquer tout ça, voir quel est son avis, et s'il pense comme nous, alors, selon lui, on pourrait essayer quelque chose sans que ton père le sache, du moins pour l'instant.

» L'idée est, qu'à la recherche d'un endroit du plus reculé et caché des pâturages, où il est difficile de passer par là, un couple d'hommes se consacrerait à creuser le plus possible, à la recherche d'un éventuel puits. Il y a de longs tubes de fer dans les hangars, qui sont utilisés pour remplacer les morceaux de tuyaux qui relient les étangs. Avec eux, ils pourraient essayer un essai, même si je sais que ce ne serait pas très scientifique, mais, qui sait, au moins ce serait une initiation à ce que font les autres, et si l'un des autres a de la chance dans ce sens, pourquoi pas accepter qu'ici on l'ait eu aussi ?

Il n'y a pas d'autre solution, Virginie. Soit l'échec est retentissant, soit nous nous noyons tous dans le pétrole ; mais oui, que nous sommes tous et pas seulement quelques-uns.

» Fortune par fortune ; Si le ranch est perdu, le pétrole monte et, plus tard... eh bien, avec ce qu'il donne, vous pouvez tout recommencer, même s'il faut quitter cette foutue terre et aller au Texas, ou là où le bétail sont garantis de ne pas être empoisonnés par l'huile.

« Ton idée est bonne, Gleen, mais... et si mon père l'apprenait ?

« S'il le découvre à l'avance, tout ce qui peut arriver, c'est qu'il interdira de creuser davantage. J'assumerai la responsabilité de l'idée et la laisserai être ce que Dieu veut.

« Comme les choses sont devenues, il est suicidaire d'aller à contre-courant, et ce qui est imposé, c'est de nager en sa faveur.

Virginia finit par accepter et promit à Gleen de parler avec le contremaître et de lui présenter l'idée.

Le contremaître réfléchit profondément avant de répondre et finit par dire :

«Je pense que la meilleure solution est peut-être cela. Je sais que le patron n'aimera pas ça, parce qu'il est obsédé par le fait de ne rien savoir du pétrole, mais si jamais ça doit couler et que ça doit le détruire, au moins il devrait avoir une compensation. Ce que vous perdez d'un côté, vous le gagnez de l'autre, et puis, si vous voulez, nous irons ailleurs pour établir un nouveau ranch, où nous ne serons pas menacés par cet enfer.

« Par conséquent, je vais appuyer votre idée. Je pense qu'il y a un très bon endroit pour l'essayer, car si nous trouvons du pétrole dedans, nous avons un profond ravin à côté, qui pourrait servir de radeau naturel pour le récupérer, sans perdre une goutte, jusqu'à ce que quelqu'un s'en occupe le mettre en bouteille et le retirer de là. Une fois les choses faites, laissez-les se faire avec la tête.

« Magnifique ! s'exclama Gleen. Voulez-vous que nous allions voir cet endroit ?

"Allons-y.

La visite a convaincu les deux jeunes hommes de la raison pour laquelle il aidait le contremaître. Creusant dans ce site, qui était également protégé par des haies sauvages, qui cacheraient ceux qui y agissaient, si du pétrole survenait, il pourrait descendre par une crevasse élargie à cet effet et se jeter dans un long et profond ravin qui s'ouvrait plus bas que ce sol. , à une distance de vingt mètres.

En accord, le contremaître s'est mis d'accord avec eux pour choisir un couple d'hommes de confiance et les consacrer à ce travail, après une explication du motif de cette tentative. Comme de bons cow-boys, ils détestaient aussi le pétrole et ne feraient pas un tel travail par leur propre plaisir.

Tout le monde devait faire attention à ce que Fuchs ne soit pas au courant de la manœuvre, donc ils ne pouvaient pas utiliser de dynamite pour creuser les trous, car ils se dénonceraient et Fuchs se mettrait en colère contre les conspirateurs. Et une fois cette affaire réglée, tout le monde attendait ce qui pourrait arriver.

Personne n'ignorait qu'ils avaient sous les pieds un terrible et dilaté baril de poudre à canon qui pouvait tragiquement exploser d'un instant à l'autre, et que la mèche paradoxale qui le ferait voler serait la première giclée d'huile noire à sortir de leurs entrailles.

Une semaine mortelle s'était écoulée depuis qu'Alvin était arrivé dans son équipement, et bien que la fièvre de la folie travaillait partout, la situation restait stationnaire.

Des dizaines de puits peu profonds avaient été creusés, les remplissant de dynamite qui, lorsqu'elle a explosé, a agrandi les trous, mais les traces de pétrole étaient introuvables.

Alvin ne se sentait pas encore désespéré. Il pratiquait ce que c'était, il avait creusé suffisamment de trous en vain, du moins à certaines profondeurs, mais cela avait aidé les techniciens à étudier le terrain, les vibrations et d'autres aspects techniques du problème difficile.

Et il connaissait des puits qui avaient consommé des semaines et même des mois, certains pour être stériles et d'autres, pour, en fin de compte, fournir le produit souhaité, la ténacité et les dépenses mises au service de cette entreprise précaire.

Mais certains de ceux qui, infectés par cette fièvre, avaient essayé de chercher par eux-mêmes avec des moyens beaucoup moins pratiques qu'Alvin, commençaient à se sentir désespérés. Ils avaient été hallucinés dès la première intention, croyant que c'était quelque chose de très facile et rapide et ils regardaient avec inquiétude comment les jours passaient, ils utilisaient leurs énergies dans cet énorme travail et le résultat était négatif, avec un double dommage pour eux, parce que le le reste de leur uvre, jusque-là pratique et enrichissante, l'avait abandonné, s'exposant à perdre tous les deux.

Moins de deux semaines après le début des travaux, les moins patients avaient jeté leurs pioches et leurs pelles avec consternation et regardaient avec fureur les fosses profondes, sèches et stériles et les énormes tas de terre entassés sur les côtés, occupant un espace, qui dédié à autre chose, il aurait donné plus de performances.

Et boudeurs et abattus, ils se cherchaient pour échanger des impressions et s'encourager, si cela était possible.

" Qu'en pensez-vous ? " Demanda un. " Cela fait plus de deux semaines que nous gaspillons de l'énergie et du temps, et il n'y a aucun signe de quoi que ce soit. Pensez-vous que, enfin, nous réaliserons quelque chose ?

" Qui sait ? " répondit un autre d'une voix rauque. " J'ai abandonné mes champs qui nécessitaient plus que jamais mon attention et je suis comme vous. Je commence à croire que nous avons fait une folie pour nous laisser séduire par la ténacité de cela gars qui nous a tous révolutionné.

« Cela me semble » a affirmé un tiers. Fuchs nous a assuré à maintes reprises que tout était né d'un antagonisme personnel entre lui et cet homme. On finira par être d'accord avec lui, et comment va-t-il se moquer de nous s'il est le seul à avoir vu clair.

"Encore rien ne peut être dit", a assuré un autre, qui espérait toujours réaliser son ambition. Brown m'a dit que cet Alvin n'était pas déçu et que ses hommes travaillaient toujours dur. Il assure que, parfois, des trous ont été creusés qui ont pris deux ou trois mois pour faire jaillir le pétrole.

« Bon, c'est possible, mais... qui peut creuser pendant trois mois et sans moyens comme lui ? Si c'est le cas, il nous faudrait un an et demi pour atteindre cette profondeur.

« Je pense que oui » a répondu le premier « et je pense que nous avons été stupides en nous lançant à la recherche par nous-mêmes. S'il y a du pétrole et que ce type le sort, il sera intéressé à continuer à forer des puits, et c'est celui qui doit s'occuper de nous pour en ouvrir d'autres sur nos propriétés.

« Mais s'il le fait, il en voudra plus.

« C'est naturel, mais si en ne le donnant pas, nous ne pouvons pas le faire germer, pensez que tout le liquide stocké sortira de vos puits et nous aurons perdu notre part.

'C'est vrai. Nous devrons dépendre de lui

"Mais si "un autre" n'a pas été trouvé et que ce type doit aller avec son impedimenta ailleurs, il n'aura pas perdu plus que l'argent qu'il a utilisé, bien sûr, mais nous, dans quelle situation serons-nous laissés? Nous nous sommes levés à M. Fuchs, et désormais nos relations seront moins que cordiales. Il est furieux de tout ce qui s'est passé et ne voudra pas de nos nouvelles.

"Eh bien, le voilà" affirma l'un. « Jusqu'à présent, je n'ai vécu que de ce que ma propriété me donne.

« Et tous, mais parfois… nos ennuis nous ont obligés à nous tourner vers lui, et il nous a toujours prêté main-forte. Je ne pense pas qu'après ça, je le ferai.

« Oui, vous ne savez jamais comment faire les choses correctement.

"C'est dommage" a commenté un autre ", car s'il y a beaucoup de pétrole ici, vous êtes-vous arrêté pour penser au bénéfice que nous obtiendrions en peu de temps ? Vendre notre terrain à la Compagnie nous rapporterait vingt fois ce qu'il vaut maintenant, et ça vaut le pari, s'il y a une chance de gagner de cette façon.

« Cela devra être vu. Comme il faut beaucoup de temps pour trouver quelque chose, nous finirons tous fauchés ou quelque chose de similaire.

Mais Alvin ne s'inquiétait pas des découragements des autres propriétaires. Il savait ce que c'était et il ne s'est pas découragé si tôt, même s'il commençait déjà à devenir nerveux, car s'il avait échoué, en dehors de la course ridicule, il aurait gaspillé une grande partie de ce qu'il venait de collecter pour le a vendu des puits et sa revanche sur Fuchs, je serais déçu.

Mais il avait encore de l'espoir. L'ingénieur qui l'avait accompagné, lui et ses assistants, étudiait constamment les caractéristiques des explosions, examinait la terre extraite et était en attente de leur travail.

Quelques jours plus tard, Alvin trembla d'émotion, lorsqu'à travers le tube creux qui s'enfonça dans la terre, il perçut une odeur étrange, qu'il n'avait pas perçue jusqu'alors. C'était comme une très faible odeur de pétrole au loin, mais une odeur quand même.

Il consulta l'ingénieur qui lui dit :

« Il est très possible qu'il s'agisse d'un gaz précurseur pour l'éclatement du puits. Si c'est le cas, je crains que vous n'ayez pas le terrain prêt à le ramasser immédiatement. Beaucoup de pétrole va être perdu.

Et Alvin, avec un accent féroce, dit :

« Je l'ai prévu et je m'en fiche ; plutôt, mon souhait est qu'il s'agisse d'un grand puits d'expansion, expulsant plusieurs gallons d'huile par minute.

« Pour perdre plus d'argent ?

« Envahir cette terre en un jour et dévaler ces pentes. Vous voyez là-bas, cette clôture d'aubépine ? Eh bien, c'est celui qui sépare les pâturages de l'homme que je déteste le plus au monde et de celui qui me déteste le plus. Si je vous dis que je suis venu ici risquer mon argent et même ma vie pour me faire le plaisir de voir l'huile jaillir et descendre comme une cascade vers vos pâturages pour les emporter et les transformer en ruine, je suis pas vous mentir. C'est mon plus grand plaisir et, pour y parvenir, je donnerais tout ce qui peut m'être utile dans n'importe quel puits naissant.

« Eh bien, si c'est le cas, je soupçonne que sa vengeance est sur le point d'être consommée. Reste à savoir quelle sera la réaction du « bénéficiaire ».

« Je la suppose, et je suis préparé pour elle, c'est pourquoi j'ai ici quarante hommes qui leur paient un bon salaire pour n'avoir rien fait jusqu'à présent. Ils ont pour mission de recevoir la vague de rage de mon ennemi et j'espère que s'il décide de me riposter, il recevra la dernière et la plus fatale pour lui.

La nouvelle que des symptômes de gaz commençaient à apparaître du puits principal qui était en train d'être ouvert s'est propagée comme une traînée de poudre dans toutes les propriétés. Enfin, il semblait que les projets du chat sauvage têtu allaient devenir une réalité et que le pétrole allait émerger comme une promesse, qui pouvait toucher non pas un, mais plusieurs.

Et encore une fois, la fièvre de continuer à explorer a envahi tout le monde. Ceux qui avaient quitté les cimes pour revenir s'occuper de leurs récoltes, oublièrent celles-ci pour reprendre les armes du travail, et une fièvre de folie se répandit de bout en bout dans la vallée.

Tout le monde a deviné que l'épidémie était proche et qu'à un moment donné, ce qui pour certains était déjà une entéléchie, deviendrait réalité.

Telle était la fièvre que le voyage de recherche a été épissé la nuit. Des lampes à pétrole éclairaient fantastiquement les lieux de travail, où l'un et l'autre, selon leurs moyens, mordaient fort.

Et il était environ trois heures du matin, lorsque dans le puits où Alvin avait placé ses espoirs, le pétrole déferla puissante, courageuse. A travers le tube creux et épais de la tour de forage, l'énorme jet s'éleva, atteignant une hauteur d'une douzaine de mètres et demi, et plus tard, ayant perdu la force d'expansion, il descendit en un jet noir et pestilentiel, qui attrapa les divers ouvriers qui Ils travaillaient à forer et il les a déguisés en les transformant en fantômes noirs dégoulinant de liquide immonde.

Un énorme cri de joie a éclaté de dizaines de gorges à la découverte tant attendue, et alors que le liquide continuait à déferler dans l'espace noir de la nuit, en un flux ininterrompu. Les gorges étaient enrouées, criant :

"Pétrole ! Pétrole !

Et les cris, portés par le vent, atteignirent le ranch de Fuchs, comme un clairon de guerre.

L'heure de la bataille avait sonné et aucune puissance humaine ne pourrait l'arrêter un seul instant.

CHAPITRE X

LE FEU EN ENFER

La lumière du jour nouveau a permis d'enregistrer le paysage. Fuchs, qui était livide de colère, regarda avec envie au loin. Dans la lumière rougeâtre du matin, le bec de l'huile maudite était comme une parabole noire, tachant la clarté du paysage et le liquide sale, manquant d'endroits adéquats pour être recueilli, avait formé divers sillons, comme des serpents empoisonnés descendant la rivière. terrain en pente et en regardant les alpages de Fuchs, pour y pénétrer.

Et l'éleveur, se rendant compte que la catastrophe était déjà inévitable, se mit à rugir comme un fou :

« Mes hommes à moi, il faut balayer ces salauds qui nous ont lâchement ruiné ! Allez-y !

Les péons, enragés, préparèrent leurs chevaux prêts à se lancer dans le combat, et Virginie, terrifiée, voulut arrêter son père, mais celui-ci, brusquement, la rejeta, pour se lancer à l'aveuglette vers l'endroit où l'huile continuait de couler et d'alimenter les ruisseaux, qui avaient déjà commencé à s'infiltrer à travers la clôture d'aubépine.

Gleen, remarquant l'état d'esprit de son oncle, ne pouvait que sauter sur le cheval et essayer de suivre le rancher, pour le protéger au mieux de ses capacités.

Il savait qu'il n'y avait aucun pouvoir humain pour l'arrêter dans son empressement à se battre et à gagner ou à mourir.

L'équipe, atteinte de la même fureur que leur employeur, puisqu'elle aussi était touchée par la possible ruine du ranch, s'était précipitée pour demander leurs montures et leurs armes et se préparait à livrer la dure bataille. Comme une avalanche, ils quittèrent les pâturages et se lancèrent impétueusement vers l'endroit où jaillissait le pétrole, prêts à détruire tout ce qu'ils trouveraient sur leur passage.

Alvin, qui avait prévu la réaction féroce de son ennemi, avait préparé ses hommes pour l'affrontement, et ainsi, dès qu'ils ont réalisé que l'équipe était sur eux, leurs gardes se sont précipités à leur rencontre pour les couper et ne pas leur permettre s'approcher du puits.

Bientôt, ce morceau de la vallée devint un terrible champ de bataille. Ils avaient été prompts à se désagréger pour ne pas former une masse compacte, facile à concentrer les tirs contre elle, et ils se cherchaient avec une fureur féroce, prêts à s'anéantir.

Les fusils ont été les premiers à chanter leur chant de mort, tirant à distance, mais lorsque l'élan des chevaux a coupé le sol et qu'ils ont chargé, les fusils étaient des armes ennuyeuses et peu pratiques, ils ont donc été rapidement remplacés par le "Colt"Plus facile à utilisation et plus pratique pour un combat presque au corps à corps.

Les colons, terrifiés par le tableau tragique qui s'offrait à leurs yeux, ont fui le champ de bataille, cherchant refuge dans leurs huttes ou s'écrasant dans les champs pour voler le corps au vent de projectiles qui sifflaient sinistrement autour d'eux.

Alvin, stimulé par sa haine pour Fuchs et craignant que la poussée désespérée de ses hommes ne submerge les siens, effaçant ce que tant d'efforts et d'argent lui avaient coûté pour accomplir, ne resta pas les bras croisés. Il n'était pas un lâche, il était encouragé par une haine violente contre son ennemi et il comprenait qu'il devait être un de plus pour rejoindre le combat et donner l'exemple pour que les autres ne ressentent pas un malaise qui pourrait leur être fatal.

Et comme un autre, il lança son cheval dans le maelström du combat, à la recherche de l'éleveur parmi l'agitation des membres de l'équipe. S'il devait s'exposer, il voulait le faire en recherchant personnellement son rival.

Fuchs, animé du même sentiment meurtrier, le cherchait aussi, mais il y avait autre chose qui l'obsédait et qui était devenu la cible principale de son attaque.

En quittant le ranch, il avait furieusement arraché quelques touffes de plantes résineuses, qu'il alluma sur la selle sans guère s'arrêter dans ce travail. Green l'observa et voulut lui demander avec inquiétude ce qu'il faisait, mais l'éleveur, l'ignorant, continua à galoper frénétiquement et le jeune homme abandonna, se bornant à le suivre, comme s'il était son ombre, craignant tout excès tragique. de l'éleveur exalté, qui avait perdu le contrôle de son raisonnement et n'était animé que par une idée terrible : celle de détruire tout ce qui se dressait sur son chemin.

Et Gleen se sentait de plus en plus oppressé en regardant son oncle galoper droit vers la tour dressée, coincée dans les champs d'un des colons, du dôme duquel le bec épais du bec poussait encore, noir et immonde.

Qu'est-ce que c'était ? L'agitation l'envahit et il tenta de résister à son avance. Dans cette partie, une douzaine de gardes s'étaient rassemblés, déterminés à ne pas laisser leurs ennemis atteindre le puits.

Le chef d'équipe avait également remarqué le chemin rectiligne de son patron, il s'empressa de manœuvrer pour ne pas être séparé de lui et entraîna trois autres hommes à sa suite, qui constituaient tous un petit groupe isolé du reste des combattants.

Les gardiens du puits s'empressèrent de réduire la distance, sortant devant l'éleveur, pour l'empêcher d'atteindre le puits, mais les mains de Fuchs étaient deux volcans de la mort, maniant les deux "Colts" dont il était pourvu.

Ses partisans ont également manipulé le double du nombre d'armes que l'actuel, et ainsi, chaque homme a tiré par deux et a doublé sa force d'attaque et de défense.

Pendant quelques minutes, les deux camps ont semblé stoppés par la force de la collision. Les revolvers travaillaient à semer la mort et la terreur, et quatre des gardes tombaient de leurs chevaux, tandis que deux des pions de Fuchs se penchaient sur leurs montures, recevant la caresse hallucinante des balles.

Mais l'élan de l'éleveur était écrasant, secondé par le contremaître et son neveu. Deux nouveaux ennemis sont bien touchés, et les autres sont contraints de battre en retraite, poursuivis par les assaillants.

Mais, soudain, l'éleveur a été retardé, il a tiré l'épais fagot de branches résineuses qui pendait de la selle et, sortant une allumette, y a mis le feu.

La résine se mit à brûler et les branches menaçaient de devenir un petit feu entre les mains de l'éleveur, qui, aveuglé de fureur, sans mesurer le danger, galopait rapidement en direction du puits.

Gleen, se rendant compte qu'il avait pris du retard, tourna la tête à sa recherche, et le découvrant avec les branches brûlantes dans ses mains, devina la folie qu'il avait l'intention de commettre, et, terrifié, rugit :

« Oncle ! Oncle ! De retour… non, pas ça… par tous les saints ! James… aide-moi à le retenir !

Et il était impossible de l'atteindre avant qu'il ait terminé son œuvre terrible et dramatique. Aveuglément, il s'avança vers le haut bec, et quand il arriva à un endroit qu'il pensait pouvoir jeter les branches brûlantes, il secoua son bras avec un courage terrible et les jeta dans le liquide inflammable qui formait un petit radeau lorsqu'il tombait.

Immédiatement, il a essayé de reculer, mais n'a pas eu le temps. Les gaz de cette terrible masse inflammable se sont dilatés dans l'explosion. L'éleveur et sa monture, pris dans le cône explosif, ont été lancés comme des projectiles, et Gleen, comme le contremaître, a regardé avec terreur les deux corps projetés devant eux, les écrasant presque lorsqu'ils ont été jetés pour aller tomber à moitié détruits. à suffisamment de mètres.

Gleen et le contremaître avaient providentiellement épargné la même mort horrible que le rancher en raison de leur retard à l'atteindre, mais ils souffraient toujours de la chaleur suffocante de l'énorme vague de chaleur qui a balayé lorsque l'incendie s'est déclaré.

Et tout de suite, il s'est passé quelque chose de dantesque, qui a fait dresser les cheveux de tout le monde, car c'était quelque chose qui n'avait jamais été envisagé.

Désormais, non plus une masse noire s'élevait de la tour du puits, mais un flot continu de flammes, qui se déversait sur le sol. Le feu, en courant vite, avait suivi les sillons pleins d'huile, répandant le feu le long de la terre, vers le ranch où l'huile extraite suintait déjà et en complément, les flammes, en se propageant, s'étaient embrassées. l'herbe sèche des terres herbeuses, jusqu'aux épis sur le point d'être coupés des champs, et, le paysage était devenu un enfer féroce de flammes, qui se propageaient d'un côté à l'autre, dévorant champs, champs, hangars, casernes, outils et combien l'élément vorace trouvait sur son passage.

Les combattants terrifiés avaient cessé de se battre, conscients du danger qui les guettait et contre lequel ils ne pouvaient lutter. De plus, le feu, en courant sans fixation d'un endroit à un autre, menaçant de les envelopper de son feu, les obligeait à reculer, à échapper à cet enfer qui finirait par les dévorer de son insatiable désir de destruction.

Gleen, terrifiée, à peine remise du choc barbare, s'empressa de galoper vers l'endroit où Fuchs et son cheval avaient été laissés à terre, méconnaissables, et descendit, courut vers le corps détruit de son oncle, aidé par le contremaître, qui était livide et contracté du terrible choc subi.

De son côté, Alvin, qui se battait non loin du lieu de la terrible catastrophe, surpris par la manœuvre suicidaire du rancher, prononça un terrible serment, et le visage déformé par une ignoble grimace de colère concentrée, il lança son cheval en avant , cherchant l'éleveur pour éteindre en lui toute la colère venimeuse qui dévorait son âme avec plus de force que le feu qui commençait à dévorer tout à sa portée.

Et il était presque au-dessus de Gleen et du contremaître alors qu'ils tentaient de soulever le corps de Fuchs, de l'emporter et d'empêcher le feu de s'en emparer.

Gleen eut à peine le temps de remarquer l'avance impétueuse et désespérée d'Alvin, qui, revolver au poing, jeta son cheval sur le groupe, tirant hors de contrôle.

Le jeune homme, dans un mouvement désespéré, s'empara du revolver qu'il avait laissé à côté de lui alors qu'il se penchait sur le corps de son oncle, et tira sur Alvin, ce qu'il fit à son tour lorsqu'il le reconnut.

Gleen n'avait que deux balles dans le canon du revolver, et les deux étaient dirigées avec impatience sur le corps de l'ex-revendeur alors qu'il se penchait sur son cheval pour tirer également.

Alvin a poussé un rugissement de douleur ahurissant et s'est complètement retourné sur le côté et est tombé au sol, où il a pris deux tours tragiques pour rétrécir, tandis que Gleen a senti l'attraction d'une des balles de son adversaire, frôlant son bras gauche.

Mais, heureusement, sa blessure n'était pas grave, alors que les deux qu'Alvin avait reçues étaient mortelles par nécessité.

Le dénouement fut si rapide que lorsque le contremaître voulut intervenir, tout était fini.

Mais nous n'avons pas eu le temps de commenter. Le feu avançait partout, et Gleen, craignant d'être sous les projecteurs dévorants, s'écria :

« Bientôt, James, prends le cheval de ce vautour ! Tu dois mettre le corps de mon oncle dedans et sortir d'ici avant qu'il ne soit trop tard. Pauvre Virginie, alors qu'elle est sur ses talons, elle apprend la mort tragique de son père.

Le cadavre à moitié détruit fut croisé sur la selle du cheval d'Alvin, le laissant abandonné, et le couple angoissé se précipita pour s'échapper de ce brasero, pour se rendre au ranch.

Le combat s'était arrêté. Les péons, avant d'être engloutis dans les flammes qui s'élevaient de partout, s'étaient retirés au ranch, les survivants du parti d'Alvin s'échappaient à coups de griffe de cheval, loin du terrible danger, tandis que les propriétaires du sinistre lieu, s'enfuyaient à leur tour terrifiés, abandonnant presque tout, puisque l'élan du feu était tel qu'il leur avait à peine permis d'extraire de leurs cabanes quelque chose de plus utile et de plus essentiel.

Le danger s'est considérablement accru lorsque le feu, en se propageant, a atteint les charges éparses de dynamite préparées pour l'exploration.

En continu, de violentes explosions ont été capturées qui ont rendu le tableau plus tragique, la terre a sauté dans des volcans de poussière et tout a contribué à rendre le panorama plus sinistre.

Lorsque le petit groupe est descendu vers le ranch, leurs yeux se sont remplis de larmes et de douleur, en observant comment les jets d'huile, lorsqu'ils ont pris feu, avaient mis le feu parallèlement à l'un des côtés de l'hacienda.

Et cela avait provoqué le dernier acte du terrible drame. Le bétail, surpris par le feu, était devenu fou et s'était jeté aveuglément sur l'aubépine, ils l'avaient coupé à divers endroits, s'échappant dans tous les sens pour rendre le tableau encore plus impressionnant. Virginia, qui s'était presque évanouie sous le choc lorsqu'elle avait vu du ranch comment l'incendie s'était déclaré, le voyant dévaler les pentes en direction du ranch, s'était empressée de monter sur son jacquier, fuyant le danger imminent dans lequel elle se trouvait.

Et craignant pour la vie de son père, il s'était lancé en direction du lieu du combat, ne se souciant pas de ce qui pourrait lui arriver dans cette tentative aveugle de retrouver l'éleveur, pour le forcer à reculer devant la catastrophe.

Et la rencontre a été tragiquement douloureuse, lorsqu'il a fait face à Gleen, avec un bras blessé et des vêtements tachés de sang et un cadavre qu'il ne pouvait pas reconnaître, pendu mollement à la chaise.

Voyant Gleen et le contremaître, il s'avança en criant :

« Gleen ! Gleen ! Par compassion ! Où est mon père ?

Gleen et le contremaître s'arrêtèrent sous le choc, n'osant pas répondre, mais elle, fixant ses yeux terrifiés sur le cadavre qui se balançait, poussa un cri impressionnant et courut vers lui, le serrant dans ses bras avec un désespoir infini.

-- Papa! Papa!

Gleen, ignorant sa blessure, est venue vers elle en essayant de la séparer du corps brisé, tout en disant d'une voix rauque :

— Personne n'y pouvait rien, Virginia. Lorsque nous nous battions avec les hommes d'Alvin, votre père s'est détaché par inadvertance, et avec des branches résineuses qu'il portait sur sa selle, il les a incendiées et les a jetées dans le puits de pétrole. Il n'a pas pu éviter la vague expansive de l'air lorsque l'explosion s'est produite et a été lancé comme une balle. Il s'est tué fou et personne n'a pu l'aider, mais si ça peut te consoler, je te dirai que j'ai tué Alvin, le monstre qui nous a apporté cette terrible catastrophe. À tout le moins, il ne profitera pas du pétrole, et il ne jouira pas non plus de la mort

« Cela ne me rend pas mon père, Gleen, cela ne sauvera même pas ma succession. Regarde, tu ne vois pas ?

« Je le vois et je vois aussi que le feu court le long et non à travers les pâturages, pourquoi ?

Le contremaître déclara sourdement :

"Allons-y. Ici, nous ne résolvons rien et, au lieu de cela, si quelque chose peut être fait, nous devons l'essayer avec les hommes qui sont revenus indemnes. J'avais quelque chose à vous dire, mais quand nous arrivons au ranch.

Gleen aida Virginia à monter à cheval et ils retournèrent au ranch, où une douzaine ou plus de péons étaient revenus indemnes, emmenant avec eux quatre autres blessés dans les combats.

Le contremaître a demandé :

« Que se passe-t-il ? Comment le feu n'a-t-il pas pénétré ?

« Elle a été arrêtée par le lit du ruisseau qui longe la clôture et les deux étangs. De plus, l'air souffle dans la direction opposée.

« Alors, les garçons, vous devez aider le ruisseau pour que le feu ne puisse pas passer de l'autre côté. Un effort aussi loin que nos forces peuvent aller et construire une barrière de terre de ce côté de la rivière, en prévision. Veillez à ce qu'il ne contienne pas de branches sèches ou d'herbe propice au brûlage. Qu'en est-il du bétail?

— Presque tout s'est échappé, contremaître. Il y a du bétail au bout du pâturage, mais terriblement effrayé. Qui sait si les autres se sont enfuis vers le fleuve, pour s'y enfoncer, ou ont péri brûlés.

— Eh bien, l'irrémédiable n'a pas de remède. Nous ne savons pas ce qui arrivera, ni quelle sera la fin, mais ce qui peut être sauvé doit être sauvé. La seule chose qui semble certaine, c'est que ce ne sera plus jamais un ranch et un pâturage. L'huile tuera l'herbe d'une manière ou d'une autre, et le bétail, qui sait ce qui peut être récolté. Mais tout n'est pas encore perdu, bien que le patron soit décédé et que sa fille soit laissée seule au monde, sa mère est au Texas, comme vous le savez, s'occupant d'une de ses sœurs qui est malade, et bien qu'elle ne pourra pas pour éviter la terrible surprise d'apprendre la mort de son mari, au moins l'horreur de regarder ce tableau aura été évitée.

Gleen et Virginia avaient déplacé le corps de Fuchs à l'intérieur du ranch. Celui-ci, pour le moment, ne semblait pas menacé d'être dévoré par les flammes, puisque la chance avait coupé l'égouttement de l'huile, en raison du lit du ruisseau et des étangs.

Ayant pris de telles dispositions, le contremaître rejoignit le couple assiégé et déclara :

"M. Gleen, tu ne dois pas mépriser ta blessure. Vous avez perdu beaucoup de sang et vous devez prendre soin de ce bras.

Il haussa les épaules de consternation, mais Virginie, réagissant, s'exclama :

« Désolé, Gleen, j'ai été emporté par la terrible douleur que m'a causée la mort de mon père et j'ai tout oublié. Je vais vous guérir comme je peux jusqu'à ce qu'un médecin puisse vous voir.

Il chercha une boîte avec des fournitures médicales et se prépara à soigner le blessé. Ce faisant, il regarda le contremaître avec angoisse et murmura entre deux hoquets :

« C'est fini ! Pour nous, pour vous et pour vos hommes.

Le contremaître, indécis, répondit :

« C'est vrai, il faut bien l'admettre, mais j'ai quelque chose à te communiquer. Je n'ai pas pu le faire hier soir à cause de la façon dont tout s'est passé, mais maintenant je vais vous le dire. En fin d'après-midi, les deux ouvriers qui travaillaient au puits que nous avions convenu d'ouvrir sont venus très excités pour me dire qu'ils n'osaient pas continuer à creuser, car le sol était devenu humide et la terre sentait le pétrole. Ils ont parcouru environ six mètres, et on dirait que le pétrole est sur le point d'éclater. Je voulais te trouver pour demander ce que nous faisions, mais je ne pouvais pas te parler et j'ai dû le laisser pour plus tard. Maintenant, je vous le fais savoir.

« L'avez-vous vu ? demanda Gleen pendant qu'ils le guérissaient.

« Oui, et j'ai vérifié que c'est vrai. J'ai la conviction qu'avec un peu plus d'approfondissement, le pétrole va émerger, mais j'ai compris qu'il ne fallait pas le continuer. De plus, j'ai ordonné de verser de la terre sur le trou, pour le garder caché pour le moment. Je ne savais pas comment le patron allait réagir et je pensais que, pour le moment, il suffisait de savoir que tout comme il y a du pétrole dans d'autres parties de la vallée, il y en a aussi ici. Et je comprends que c'est le mal, le moins. Si le ranch est perdu parce que le bétail ne pourra plus être élevé ici, au moins sa valeur, ou bien plus, vous avez en huile. Je sais qu'ils le détestent comme nous tous, mais ils peuvent toujours vendre le terrain qui est le plus grand, avec ce qu'il contient de ce liquide dégoûtant et puis... Ben plus maintenant, parce que le patron est mort, Miss Virginia et sa mère ne seront pas intéressées à continuer à élever du bétail, même si c'est dans un autre endroit, mais, au moins, elles recevront une bonne somme d'argent et elles ne seront pas dans la misère. Quant à nous... nous retournerons au Texas et Dieu nous le dira.

Virginie se tourna vers lui en disant :

« On va en parler. Mon père t'aimait beaucoup, tu l'as soutenu, tu t'es exposé, tu as risqué ta vie pour l'aider et défendre ses biens et certains l'ont perdu. Si vous économisez suffisamment pour essayer quelque chose de nouveau, aucun de vous ne sera abandonné par moi, ni par ma mère. Pour le moment, je ne peux rien dire. Nous devons attendre et voir comment cette tragédie se terminera, mais plus tard, l'avenir aura son dernier mot.

"Merci, Miss Virginie" répondit le contremaître, ému. Tu sais que nous t'aimons tous et que si tu as besoin de nous, tu nous auras à tes côtés comme un seul homme. Maintenant, je vais voir ce que font les garçons pour s'assurer que le feu ne pourra pas s'étendre plus loin et... que le destin a son dernier mot.

Virginia termina de soigner le bras de sa cousine et, un peu plus calme, dit :

« Gleen, je ne t'ai pas remercié comme j'aurais dû le faire pour ce que tu as fait, même si tu ne pouvais pas faire plus. Merci de tout mon coeur.

«Ça n'en vaut pas la peine, et j'ai été obligé de faire ça et bien plus encore. Maintenant, il ne me reste plus qu'à tout arranger pour les funérailles de votre père, et plus tard, si vous pensez que je peux intervenir dans l'affaire de la vente du terrain en négociant avec une compagnie pétrolière, je le ferai de tout mon cœur. J'essaierai de confronter deux entreprises ou plus pour contester le terrain, afin d'en obtenir un prix plus élevé et une fois que tout sera réglé, vous déciderez quoi faire.

« Nous l'étudierons en temps voulu, mais j'ai aussi quelque chose à vous demander : qu'allez-vous faire ?

Gleen était tendu ; en fait, je ne savais pas.

«Eh bien, je pense que je vais devoir chercher un stage qui me permette de finir mes études. Si je n'étais pas sur le point de les finir, je les abandonnerais pour commencer une nouvelle vie.

"Pourquoi ? Si les choses s'arrangent financièrement, ce n'est pas une raison pour laquelle mon père a disparu, pour qu'on te laisse pendre quand ce qui manque est le moins.

« Merci, nous ne pouvons pas encore en parler, même si je suis sûr que ce que vous avez perdu d'un côté, vous le gagnerez de l'autre. L'important est ce que vous ferez après. Tu es seul et j'ai l'obligation de te rendre les faveurs reçues, en t'aidant autant que je peux.

— J'ai bien peur que vous ne puissiez pas, Gleen.

"Pourquoi?

« Parce que si nous vendons cela tout de suite et que nous ne pouvons pas continuer ici, nous irons au Texas, et avec l'argent, nous achèterons un autre ranch. Mon père ne voulait que défendre ses pâturages et son bétail, je dois continuer son travail, si ce n'est ici dans un autre endroit. D'ailleurs, je ne peux pas laisser nos hommes abandonnés, alors qu'ils ont tant exposé pour nous. Je les emmènerai, nous achèterons un ranch, et nous verrons comment il se défendra. Je fais au moins confiance à James, qui est bien informé et loyal.

« C'est vrai, mais pourquoi l'obsession ? Pourquoi n'étudiez-vous pas la proposition que je vous ai faite ? Au moment où vous sortirez de votre deuil, j'aurai peut-être terminé ma carrière et obtenu un bon poste dans une entreprise. Désormais, ce ranch auquel vous devrez renoncer ne vous engage pas.

«Pour le changer pour un autre, je vous l'ai déjà dit. Tout suivra d'aussi près que mon père l'a souhaité, et je suivrai son inspiration et, de plus, je ne changerai pas ma façon d'appréhender la vie, et le mariage. Celui qui m'aime, celui qui veut m'épouser, devra suivre cette tradition familiale, le plus longtemps possible. C'est une décision irrévocable, Gleen, je te l'ai déjà dit, et ça ne fait aucune différence que mon père ait disparu ou qu'on doive aller ailleurs.

Gleen, tendu, marmonna :

« Mais, Virginia, ne réalises-tu pas qu'avec ma carrière, je peux t'offrir quelque chose à moi et sinon je n'ai nulle part où tomber mort ? Le malheur m'a fait vivre aux dépens de mes parents, et si je vais m'en servir dans la vie, c'est grâce à ton père. Puis-je quitter ma carrière pour vous offrir quoi? Ne suffit-il pas que j'aie apprécié ce qui n'est pas à moi ? Ne réalises-tu pas qu'en t'aimant de tout mon cœur, le destin me lie les pieds et les mains ? Le moins serait de quitter mes études et de me consacrer à autre chose, et vous exigez la même chose ; De plus, je suis un mauvais élève.

Virginie, tendue, répondit :

— Je n'achète pas de mari, Gleen. Mon cœur n'a qu'un chemin droit, et pour l'atteindre, il ne faut que de l'amour et non de l'argent.

Gleen se raidit, fixant le paysage fantastique à partir de là. L'immense fontaine de feu, continuait à rebondir comme quelque chose d'infernal, marquant le paysage de sa parabole du feu, les feux à travers la terre, diminuaient à mesure que l'herbe et les pointes se consumaient et des êtres nerveux comme des fantômes, se déplaçaient au loin, autour des lieux brûlés, à la recherche de leurs propriétés.

Tout s'était transformé, et bien que pour le moment les pertes fussent considérables, le pétrole allait faire le miracle de la résurgence.

Gleen se tourna vers Virginia et, d'une voix rauque, demanda :

"Virginie..., si je..., j'ai renoncé à tout..., oui..., je me plie à ton désir et le ferai... si je me mets corps et âme à ta disposition pour t'aider à suivre le chemin que tu as tracé .., ne penserais-tu pas que je le fais par égoïsme et non par affection envers toi ?

 Elle a simplement répondu :

« Si je le pensais, je t'aurais rejeté dès le premier essai, mais tu vois, je ne le fais pas.

Ils joignirent tous les deux les mains avec émotion, tandis que leurs yeux se remplirent de larmes de bonheur.

FINIR